原体験を求めて

星野徹講演録

菅野弘久 編

梟ふくろう社

茨城キリスト教大学で講義中の星野徹氏

目次

原体験を求めて——星野徹講演録

茨城の詩

この龍ケ崎はたいへん思い出の深い土地でして、私の父は竜ヶ崎一高の前身の竜ヶ崎中学に勤めて、在職中に亡くなりました。私の年齢で、まだ小学校に入る前です[1]。その後も龍ケ崎の町に住んでおりましたので、子どものときの思い出もずいぶんございます。今は中学校が建っておりますが愛宕山ですか、秋になりますと、あの辺駆け回って山栗を採ったり、遊んだものです。現在のような開発は、ほとんどなされておりませんでしたから。竜ヶ崎一高に上がっていく正面の石段ではなくて、左に坂がありますね。あそこに赤松があると思いますけれども、あの赤松の根元に初茸が出るんです。それを見つけて大喜びした記憶がございます。また梅雨時になりますと、牛久沼が増水します。その水がこちらに流れ下るんでしょう。すると、このあたりの町の溝に水があふれます。そこにフナがたくさん入ってくるんです。この町に以前からお住まいの方は、そういうご記憶もあろうかと思います。お若い方、よそから移ってこられた方は、とても思いもよらないことだと思いますけれども、フナやドジョウが網ですくえる[2]。

思い出しますと懐かしいだけでなく、実に豊かな土地だったんだなと思います。この土地の、この町でお話しを申し上げることは、私としましても、たいへん嬉しいことです。今日は、茨城の生んだ詩人として、この土地だけでなく全国的に、つまり日本の近現代詩の歴史の上で欠かせないと思われる詩人の作品を鑑賞していければと思っております。横瀬夜雨、野口雨情、山村暮鳥、それに中山省三郎。最後に、この龍ケ崎に住んでいらっしゃいました沢ゆきさん、という順序で話してまいりたいと思います。[3]

＊

まず横瀬夜雨から取り上げますが、経歴のようなことは簡単に申し上げて、作品をなるべく詳しく鑑賞したいと思います。プリントには、横瀬夜雨詩集『夕月』からコピーしてございますが、この詩集は明治三十二年に出ております。夜雨は、明治十一年に生まれました。ですから二十一歳頃でしょうか、たいへん若くして第一詩集を出しました。現在の下妻市、当時の真壁郡横根村に生まれ、本名は虎寿と申します。十七歳から詩を書き始め、河井酔茗[4]が選をしておりました『少年文庫』[5]に投稿を始めます。このとき茨城の近代詩が始まったといえるかと思います。『新体詩抄』[6]が何人かの詩人たちによって作られて出版されたのが明治十五年です。日本の近代詩の出発は『新体詩抄』によって行われたというのが定説ですが、茨城の新体詩の幕開けは、夜雨が十七歳のときですから、明治二十八年頃に始まったと考えられます。その後、夜雨は『花守』という詩集を出します。[7]それから『二十八宿』。これは天体の星宿だと思いますが、そういう詩集を出し、また「いはらき」新聞で、短歌の選者になって歌集を出しました。[8]子どものときから体が不自由で、そういうことから詩を書くことに生きがいを見出した、ということになるのではないかと思いますけれども、亡くなりましたのは昭和九年、五十七歳です。「お才」という作品を読んでみます。

お才

花の吾妻の花櫛さいて
髪は島田にいはうとも

やはり妹（をばま）と背負縄（せおひなは）かけて
薪拾ふてあつたもの

三國峠の岨路を
越えて歸るはいつじややら

蜻蛉（とんぼ）つり〳〵田の面に出て
騷ぐ子等にもからかはれ

お才あれ見よ越後の國の
がんが來たとてだまされて

白雲かゝる筑波根を
今は麓で泣かうとは

『心細さに出て月みれば

この作品は一部分ですが、詩碑に刻まれている由です。その詩碑は筑波山の近辺にあるようです。私はまだ見ておりませんが、夜雨の代表作の一つと言われております。[9]ご覧になりましてもわかりますように、文語定型です。音数律を使っております。〈花の吾妻の〉、これは七音です。〈花櫛さいて〉、七音ですね。〈髪は島田にいはうとも〉、ここは七 - 五になっています。このように七音、五音を組み合わせた文語定型。読んでみますと、音数律[10]ですから、すらすらとしております。しかし、よく気をつけて、注意を配りながら読んでみますと、この詩はそれほど音数律にのって、すらすらと読めるほど簡単な内容ではないようです。非常に複雑な意味を込めていることがわかってまいります。

第一行の〈花の吾妻の花櫛さいて〉。〈さいて〉は〈差して〉、この音韻転換だろうと思います。〈髪は島田にいはうとも〉。この二行は、どういうことを言っているのでしょうか。この二行の意味がもう少しはっきりするには、次の二行と関係づけて読まないとなりません。〈やはり妹と背負繩かけて／薪拾ふてあつたもの〉。〈妹〉に〈をばま〉とルビを振っておりますが、次女以下の女の子を指すのに〈おば〉と呼ぶ地方がございます。新潟県、山形県です。『全国方言辞典』を開いてみたら、そういうことがわかりました。これはそういう方言を使ったんですね。〈やはり妹と背負繩かけて〉、つまり背中には籠のようなものをしょって、〈薪拾ふてあつたもの〉という、これが次の二行になりますね。これと関係づけて最初の二行を読んでみますと、少し状況がはっきりします。〈お才〉という女性は、以前は〈妹〉と二人で籠を背負って山々を歩きながら、あるいは林の中を歩きながら薪を拾ったり、そういう暮らしをしていたのでしょう。それが何らかの事情で、全く異なった境遇に入っている。それが最初の二行でしょう。山村の娘であった〈お才〉がたいへん変わった。境遇の変化に生活がずいぶん変化してしまった。現在の〈お才〉の様子が、〈花の吾妻の花櫛さいて／髪は島田にいはうとも〉ということなんだろうと思います。〈花の吾妻の花櫛さいて〉。「花のように美しい櫛を差して」ということですね。〈花の吾妻の〉とは、どういうことでしょう。すらすらしている割に、よく考えてみると難しいですね。ここに込められている感情からしますと、「私が妻よと呼びかけたい美しい装いをして、美しい櫛を髪に挿して」という感情が入っているんじゃないか。それを切り詰めて〈花の吾妻の花櫛さいて〉と表現したのでしょう。〈髪は島田にいはうとも〉。現在はそういう装いをしているけれども、本質的には、いや昨日までは、〈やはり妹と背負繩かけて／薪拾ふてあつたもの〉ということではないでしょうか。この辺では〈背負繩〉とはおそらく言わないでしょう。筑波山の近辺では言うのかもしれませんけれど、この辺でしたら〈しょい縄〉と言うんじゃないでしょうかね。

そういうことを印象にとどめて次を見ます。〈三國峠の岨路を／越えて歸るはいつじややら〉と出てきます。〈三國峠〉は三国山脈を越える難所ですね。新潟県と群馬県を遮る三国山脈。そこを越えるのが〈三國峠〉。谷川岳が近くにございます。そうすると、先ほどの〈をばま〉の〈おば〉が、新潟県では次女以下を指すことと脈絡が出てきます。つまり〈お才〉なる女性は、新潟県のほうから〈三國峠〉を越えて遥々と筑波山の近辺まで来て、故郷での生活とは全く違った環境に入ってきたことが、ここではっきりしてきます。「三国峠の険しい岨路を越えて、また向こうへ帰るのはいつのことだろうか」ということですね。(11)

〈蜻蛉つり〳〵田の面に出て／騒ぐ子等にもからかはれ〉。秋になりますと、〈田の面〉には〈蜻蛉〉が群がって飛び交います。それを、〈蜻蛉つる〉。すると今度は、「子どもたちにもからかわれ」というわけですね。はやし立てられるわけです。そして、〈お才あれ見よ越後の國の／がんが來たとてだまされて〉。〈越後〉は今の新潟県です。ますますはっきりしてきました。「お才、あれご覧よ。越後の国のがんが飛んできたぞ」

と言ってだまされる。〈がん〉は水鳥です。秋になると寒い土地から暖かい土地に飛んでまいりますね。〈白雲かゝる筑波根を／今は麓で泣かうとは〉と出てまいりますと、〈お才〉が現在生きている環境がさらにはっきりする。どうも筑波山の近辺らしい。〈筑波根〉に〈白雲〉がかかっている。それを見上げて、〈今は麓で泣かうとは〉ということですね。〈『心細さに出て月みれば／雲のかゝらぬ山はない』〉は、引用のしるしの括弧で括ってあります。〈お才〉の言葉として示すために付けた括弧だと思いますが、心細くて外に出て月を見ると、「あの筑波山にも、私の心にも雲がかかっている」ということなんですね。

このように読んでまいりますと、〈お才〉がかなりはっきりします。以前は素朴な生活をしてたのでしょう。〈やはり妹と背負繩かけて／薪拾ふてあつたもの〉。それが〈三國峠〉を越えて、群馬県からこちらの平野へ移って、筑波山の麓の旅館あるいは遊郭のようなところでしょうか、つまり客席に侍る、そういう職業なのでしょう。〈花の吾妻の花櫛さいて／髮は島田にいはうとも〉ですから。そういうことまではっきりしてまいります。〈お才〉なる女性を夜雨が直接見聞したかどうかは存じませんが、そういう女性をテーマにして歌われたのが、この「お才」という詩です。

あと一箇所、〈お才あれ見よ越後の國の／がんが來たとてだまされて〉。ここに注目していただきたいんですが、この〈がん〉というのは、日本では昔から和歌に（現在は短歌と言っておりますが）、よく詠み込まれております。古代日本人の宗教感情としては、常世の国の知らせをこちらの世界に伝えてくれる、そういう感情があったようです。たとえばこういう歌がございます——

白露のきえにし人の秋まつととこよのかりも鳴きてとひけり

三十六歌仙の一人、斎宮女御徽子(さいぐうにょうごきし)[12]の歌です。いつ頃の時代の人かといいますと、『古今集』を編纂しました紀貫之が五十八歳のとき（九二九年）に生まれました。「白露のように消えていったあのお方。その方のお逝きになったちょうどその頃、つまり秋を待っていると、常世の国から消息を携えて、雁も鳴きながら訪れてくれたことよ」という意味ですね。昔から日本人の宗教感情として〈雁〉には、此岸、つまりこちらの岸と彼岸、あちらの岸を往復する、そのような感じがあったのではないでしょうか。[13] そうすると、〈がんが來たとてだまされて〉には、「お前の故郷の越後の国から消息を携えてがんが飛んできたぞ」というニュアンスも生じてまいります。そういう点をここに読み込んでみますと、ますます「お才」という作品は味わいが深くなる。ニュアンスが細やかになります。最後の〈『心細さに出て月みれば／雲のかゝらぬ山はない』〉は、〈お才〉の言葉として示したのでしょうが、同時にそれは、「仕方がないことだ。あまり泣きなさんな」という夜雨の〈お才〉に対する言葉でもあるのでしょう。

「お才」を最初は、ただリズム感覚に引きずられて、すらすらと素通りする形で読みましたけれども、心を落ち着けて読んでみますと、これなかなか、というよりも非常にいい詩ですね。筑波山の麓の生活環境なども伝わってまいります。〈蜻蛉つり〳〵田の面に出て〉、〈騒ぐ子等にもからかはれ〉とかね。ここには鄙(ひな)びた感じを与える言葉遣いが積極的に取り入れられております。〈花の吾妻の花櫛さいて〉の〈さいて〉、〈やはり妹〉。筑波山の近辺でこう言うのかどうか存じませんが、新潟県の方言らしい。それから〈三國峠の岨路を／越えて歸るはいつじややら〉の〈いつじややら〉ですね。こういう言葉遣いをして、鄙びた感情を効果的に出しております。

日本の近代詩人の優れた一人として、存命中から夜雨に対する評価は高かった。先ほど申しましたように、夜雨は子どものとき歩行も困難なくる病に罹って、そういう特殊な事情もからんで詩壇の同情を引いたということもあるでしょうが、『夕月』を出した当時から既に有名になった人です。しかし、特殊な夜雨の身体上の事情を差し引いても、「お才」は優れた作品だと思います。ある面で土臭さがあちこちに感じられますし、そういう土臭さを超えて、人間の運命に対する作者の感じ方が、非常によく表現されております。[14] 夜雨はこういう詩を書きました。

＊

夜雨とほぼ同じ時代ですが、夜雨より少し若い詩人で、県北に野口雨情が出ております。経歴をごく概略申しますが、実は作品を読む場合に経歴というのは、ある面ではいいんですけれど、ある面では邪魔になることもあります。[15] 経歴に引き寄せて作品を読みますと、作品自体にないものまで読み取る危険性がございます。しかし経歴をうまく利用しますと、作品に感じられたものが正当化され、根拠づけられることにもなるわけです。

生まれたのは明治十五年。当時の多賀郡北中郷村、現在の北茨城市磯原に生まれ、早稲田大学の前身の東京専門学校に学んで中退しております。学生時代に坪内逍遥に習っております。また社会主義思想に接触しました。[16] 二十歳のとき詩を書き始める。第一詩集『枯草』。これは明治三十八年に出ております。明治十五年生まれですから、二十三歳ぐらいですね。夜雨の『夕月』より六年後。それから第二詩集『都会と田園』。これが大正八年です。その後は民謡集、童謡集『十五夜お月さん』を出して、亡くなったのは昭和二十年、六十四歳です。

夜雨の場合、『夕月』に夜雨の優れた特徴が、「お才」という作品を読んでわかりましたように、はっきり出ておりますが、雨情の場合、詩人としての本領は、『枯草』より『都会と田園』にあるのではないかと思います。雨情には、転々として移り歩いた面がございます。郷里から東京へ出ます。それから北海道へ渡る。北海道で「小樽日報」の記者をし、[17]東京へ舞い戻る。それから郷里へ帰る。また東京へ出る。また郷里に帰る、と転々としておりました。

夜雨の詩は、どちらかというとロマン主義的です。夜雨の想像力が「お才」にはずいぶん働いていると思います。〈お才〉なる人物が現実に存在し、新潟県からこちらへ来たことがあったかどうか、それは全然わかりません。きっかけになるヒントはあったでしょうが、やはり「お才」という作品は、夜雨の想像力が作りだした世界ではないかと思います。それに対して雨情は、そういうロマン主義的な詩を書いたかどうか。どうもそうではなかったようです。『都会と田園』から、「百姓の足」という作品を読んでみます。

百姓の足

百姓の足は怖(こは)いから
見たら逃げろと
親蛙が咄して聞かせた

子蛙は毎日
畔(あぜ)の上に匍ひ上つて眺めてゐたが
百姓の足は來なかつた

ある夕方
子蛙が沼の端（はた）で遊んでゐると
百姓が鍬（すき）を擔いでやつて來た

百姓の大きな足が
子蛙の後（うしろ）から
ずしん〳〵と地響を打つて歩いて來る

子蛙は堪らなくなつて
沼の中に飛び込んで顫へ顫へ隠れてゐた
百姓はずん〳〵行つて了つた

子蛙が眼子菜（ひるな）の莖に捉（つかま）つて泣いてゐると
親蛙は田の中から跳（は）ねて來て
一所（いつしよ）に連れて歸つた

怖い百姓の足が毎日田の中に這入つて來た
百姓はたうとう子蛙の居所（ゐどころ）までも
跡方（あとかた）なしに耕して了つた

それでも子蛙は生れた田の中が
自分の家(いへ)だと思つて居たら
皆(みん)な怖い足の百姓のものだと親蛙に聞かされた

夜雨の後でこの詩を読みますと、ずいぶん印象が違います。夜雨の詩は文語定型、こちらは口語自由詩ですね。[18] 夜雨の詩はリズム感覚が非常に快適で、すらすらしている。しかし読んでみると、意味が非常に濃密です。よくこんなに濃密な意味の世界を作り上げたと、私などはびっくりするんです。一方、雨情の詩は、一節一節を取り上げてみて、ちっとも濃密なところがない。しかし全体を通じて読んでみますと、散文とは違う何かがあるという感じですね。『都会と田園』は、口語自由詩のスタイルを作り上げた点で、たいへんな仕事だろうと私は思います。夜雨は残念ながら、七五調の文語定型からついに脱出することはできなかった。雨情は、『枯草』では文語定型を残しておりますが、『都会と田園』では、そこから脱皮しました。

「百姓の足」は〈子蛙〉と〈親蛙〉の話です。〈子蛙〉にとって〈百姓の足〉は、非常に怖い巨大な存在です。自分の住処だと思っていたところが、その巨大な〈足〉によって跡形もなく耕されてしまう。〈自分の家〉だと思っていたところが、「実はみんな、その怖い巨大な〈足〉の〈百姓〉のものだ」と〈親蛙〉に聞かされたところで終わっています。

夜雨の詩は、比喩でも特に隠喩表現がずいぶん入っておりました。「お才」の第一行、第二行。ここで客席に侍る芸妓のようなことを直接示す言葉は、何も使われておりません。しかし次の第三行、第四行、あるいは第五行、第六行と較べて読んでみると、どうもそうらしい、と感じられてくる。これは隠喩[19]です。それに対して、雨情の「百姓の足」は寓喩[20]です。この詩は、子どもが読んでも一応わかるようになっている。大人が読んでもわかる。読む人によって、この作品の広がりが大きく感じられるのではないでしょうか。

この〈蛙〉と〈百姓〉を別のものに置き換えることができます。〈百姓〉を、もっと大きな存在の政治家とか資本家、そういうものに置き換えてみます。そうしますと、ある意味で現在の茨城の状況にぴったり当てはまる。鹿島には巨大な工業団地ができております。そこに古くから住んでいて、わずかな土地にしがみついて生きていた人たち、それを〈蛙〉としますと、そういう土地を買収して巨大な工業団地を導入した立場の人が、ここでいう〈百姓の足〉に相当するのではないでしょうか。あるいは筑波研究学園都市を例にとっても同じです。つまり、「百姓の足」は、そういう意味では非常に恐ろしい、何か爆発力を秘めた寓喩の世界です。[21]大正八年に、よくこんな詩が書けたものだ、とびっくりします。そういうことも、読む人によって感じられる世界ではないか、ということです。そう読まなければならない、ということではありませんけれども、寓喩とはそういうものです。

これを文明と文化の問題に置き換えることもできます。〈親蛙〉と〈子蛙〉が、〈田の中〉で自分たちの生活を営んでいる。それは文化といってもいいものです。文化とは土地に密着したものです。移植できないものなんですね。そういう営みを跡形もなく耕していく〈大きな足〉の〈百姓〉。これは文明でしょう。文明とは生活の技術ですから、移植できるものです。文明と文化の関係は、今申しました鹿島のあの土地、筑波研究学園都市ができたあの土地にも当てはまる問題です。画一的な文明が、その地域に根ざし、移植できない文化を圧倒し、ある面で滅ぼしていく。これは世界的な現象のようです。それで人類が幸福になれるかどうか、ということも問題として出てくる。[22]

文明とは画一的なもので、文化とはユニークなものです。この「百姓の足」は、いろいろなことを考えさせます。そういう点から見ますと、雨情が東京専門学校に在学中、二十歳前後で触れた社会主義の影響が、こういうところに寓喩的表現をとって現れているのではないでしょうか。夜雨の詩には、筑波山麓の土地を背景にして、〈蜻蛉つり〳〵田の面に出て〉という表現が出てきました。雨情は、県北のやはり農村地帯を背景にして、こういう詩を書きました。

*

次に山村暮鳥の作品を読んでみます。ごく簡単に略歴を話しますと、夜雨は明治十一年生まれ、雨情は明治十五年生まれ、暮鳥は明治十七年生まれです。三人のうちで、暮鳥は一番若くして亡くなっております。四十歳。大正十三年に亡くなりました。本名は木暮八九十といいます。面白い名前ですね。群馬県の出身です。東京の聖三一神学校で勉強しました。聖三一神学校とは、今の立教大学。池袋から降りて、歩いて十分ほどで行くことができますが、当時の聖三一神学校は、そのキャンパスの中にあったようです。立教大学の文芸部の古い時代の雑誌には、暮鳥の作品が出ています。当然、こういうところを出ましたので牧師です。たいへん気性の激しい人で、自分の上級職と信仰上の意見が合わなくて対立したとか、いろいろなことがありましたけれども、平（現福島県いわき市）で牧師をしてから水戸にまいりました。そして晩年は、結核に罹って牧師を辞めると、大洗で療養し、その土地で亡くなりました。[23]

夜雨、雨情、暮鳥、三人のうちでは、暮鳥が一番たくさん詩集を出しております。小説も書きました。聖フランシスという聖徒についての本も書きましたし、ずいぶん仕事をした人です。暮鳥の詩集のうちで最も評価が高いのは、『聖三稜玻璃』（大正四年）と晩年の『雲』（大正十四年）です。〈聖三稜玻璃〉というずいぶん難しい言葉を使っております。〈聖〉は〈神聖な〉の意味の〈聖〉です。〈三稜〉というのは、三つの角があるガラス、つまりプリズムのことです。みなさんの中にクリスチャンの方がいらっしゃれば、私などより詳しいと思いますけれども、三角形の一つの角を〈父なる神〉とします。この一つの角を〈子なるイエス〉とします。こちらの角は〈聖霊〉ということになります。これを曲線でつなぐと円になります。三位と言いますね。この三つの位は、別々のものではない一体のもの。三位一体説。これが聖三一神学校まで含めての意味です。[24] 三位一体説の〈三一〉なんです。〈聖三稜玻璃〉の〈三〉もこの〈三〉です。だからプリズムであって、三角形の三つの頂点、〈父なる神〉、〈子なるイエス〉、〈聖霊〉が一体だと意味する詩集の題になっているんですね。「印象」を読んでみます。

印象

むぎのはたけのおそろしさ……
むぎのはたけのおそろしさ
にほひはうれゆくゐんらく
ひつそりとかぜもなし
きけ、ふるびたるまひるのといきを
おもひなやみこびはしたたり
せつがいされたるきんのたいやう
あいはむぎほのひとつびとつに
さみしきかげをとりかこめり。

これは全部、平仮名書きですけれども、雨情の詩よりずいぶんわかりにくい感じがします。平仮名書きで平明な詩じゃないか、と思って読んでみますと逆です。非常に濃密な意味の世界を作り上げております。少し細かく見ていきます。〈むぎのはたけのおそろしさ〉。これは麦の穂が熟する季節、初夏の頃でしょうか、晩春の頃でしょうか。〈はたけ〉に出るときに受ける感覚的な印象。どの麦も穂を一斉に天に向けている状態。無数の芒(のぎ)ですね。そこに入ったときの、ある〈おそろしさ〉から出発しております[25]。

その麦の穂の〈にほひ〉、それが三行目の〈にほひはうれゆくゐんらく〉。〈ゐんらく〉は、漢字で書けば淫楽です。この熟してゆく〈にほひ〉は淫楽である、淫楽は罪である、という連想を持ちますね。〈ひつそりとかぜもなし／きけ、ふるびたるまひるのといきを〉。〈ふるびたる〉とは、「昔もそうであった、現在もまたそうである」という、古い時代から現在に至る時間の連続性を表しているのでしょう。〈まひるのといきを〉の〈といき〉。これは何でしょう。〈むぎのはたけ〉に入ったときの〈むぎ〉の息吹のようなものでしょうか。そういう感じもします。〈おもひなやみこびはしたたり〉。思い悩んで〈こびはしたたり〉。ここでもつまずきます。誰の〈こび〉なのか、はっきりしません。

次に一番強烈な行が来ます。〈せつがいされたるきんのたいやう〉。〈たいやう〉はもちろん麦畑の上に照っているお日様です。〈せつがい〉は殺害ですね。殺害された〈きんのたいやう〉。これは何を言っているんでしょうか。詩集の題が〈聖三稜玻璃〉です。神聖なるプリズム。〈三稜〉の〈三〉は、三位一体説の三位にかけてある。キリスト教的な教義を意味する詩集の題です。そうすると、〈せつがいされたるきんのたいやう〉とは、キリストのことを言っているのではないか。これは誰でも連想できますね。そのとおりではないかと思います。

暮鳥は、夜雨や雨情と違って外国文学、ヨーロッパの文学を読んでおりました。ロシア文学も読んだようです。言われてみれば、そうかと思うでしょうけれども、英語で太陽は“the sun”です。それからキリストのことは、“son of man”と言います。人の子です。綴りは違いますが、音は同じです。イギリスの詩の場合、十六、十七世紀の宗教詩で“the sun”と出てきますと、大抵裏の意味は、“son of man”を兼ねているんです。[26]これを地口[27]と言います。そういうことを含めますと、〈せつがいされたるきんのたいやう〉とは、ますますキリストのことらしい。そうすると、〈おもひなやみこびはしたたり〉も、それとの連想からキリストに関わりのあった女性で、〈こびはしたたり〉という表現にふさわしい女性がいたかどうか……。おりました。マグダラのマリア。「ルカによる福音書」には、涙でイエスの足を洗い清めて、香油を注いで口づけをしたとあります。[28]イエスが十字架につけられて息絶えた後、亡骸は岩をくりぬいた墓穴に納められました。その後、墓に行ってみると、墓石がのけられている。のぞいてみると、イエスの亡骸がない。経帷子(きようかたびら)だけがそこに落ちていることを発見したのも、マグダラのマリアです。[29]そういう連想をここは伴いますね。

〈あいはむぎほのひとつびとつに／さみしきかげをとりかこめり〉の〈むぎほ〉。これは何でしょうか。〈せつがいされたるきんのたいやう〉、つまりキリストの甦った形が〈むぎほ〉ではないか、という連想が当然出てまいります。[30]キリストの甦った形、そこに象徴的な意味が入るかもしれませんが、それが〈むぎほ〉ではないか。と言いますのは、キリストは最後の晩餐のときに、十二人の弟子たちにパンを分かち、「これは私の肉だ」と言って食べさせました。パンは麦で作ります。あるいは「ヨハネによる福音書」では、〈わたしは生命のパンである〉(六章四八節)、〈わたしのもとに来る者は決して飢えることがなく、わたしを信じる者は決して渇くことがない〉(六章三五節)という教えを授けられた。キリストの体はパンなんですね。それは、キリストの教えを信じる者にとっての命の糧です。というところを補ってみますと、〈むぎほのひとつびとつ〉は、殺害されたキリストである太陽の甦った形、その肉ではないでしょうか。肉の象徴ということになる。すると〈あいはむぎほのひとつびとつに〉の〈あい〉とは何だろう。〈おもひなやみこびはしたたり〉がマグダラのマリアとすると、マリアの〈あい〉という感じもしますが、もう少し高い存在の〈あい〉とすると、キリストとなった子なるイエスの父なる神の〈あい〉ということになります。このようにキリスト教的な思想から読んでいきますと、この詩はかなり読み解けます。

ただ、それだけではないんです。どういう点が、それだけではないか。〈せつがいされたるきんのたいやう／あいはむぎほのひとつびとつに〉というところです。ある神という存在が殺害され、つまり犠牲になって穀物の形で甦るというのは、実はキリスト教が成立する以前のエジプト、中近東、ギリシャ、そういう地域に渡って行われていた宗教の一つの型です。

キリストが生まれたベツレヘムは、〈パンの家〉という意味です。キリストが生まれる以前、そこで信仰されていた神様がいます。アドーニスですね。[31] ギリシャ神話にも出てまいりますが、アドーニスとは〈主〉という意味です。穀物神です。アドーニスの祭りが行われると、アドーニスはまず犠牲にされます。そして埋葬されます。埋葬されたアドーニスの体は必ず穀物となって甦る、そういう宗教感情に支えられたお祭りです。[32] 穀物神は必ず切り殺されます。現実には、穀物神の人形を埋葬したらしいのですけれども。穀物神アドーニスが、〈パンの家〉という意味を持つベツレヘムの地方で信仰され、そのベツレヘムにキリストは生まれた。穀物神アドーニスとキリストとの間に、ある暗黙の脈絡が流れているように感じられます。ですからキリストは、そういう脈絡を裏付けるように、〈わたしは生命のパンである〉、〈わたしのもとに来る者は決して飢えることがない〉とおっしゃられたのではないでしょうか。

こういう宗教感情は、何も向こうの地方だけのものではありません。日本にも同じようなものがありました。どういうことかというと、『古事記』に大氣都比賣（おおげつひめ）、それから『日本書紀』には保食神（うけもちのかみ）という神様が出てきます。内容はほとんど同じです。大氣都比賣の伝承から申しますと、高天原から追放された須佐之男命（すさのおのみこと）、乱暴な男神が下界へ降りて来る途中、非常に空腹になった。食べるものがない。食物を司る大氣都比賣を訪ねると、たいへん失礼な振る舞いをされ、怒って大氣都比賣を切り殺してしまいます。すると大氣都比賣の亡骸からさまざまな穀物、五穀が芽を吹いた。額からは粟、目からは小豆、胸からは稲とか、体中から日本の穀物が芽を吹き出した。それが日本では五穀の起源とされている、という記述です。保食神についても類似の記述がなされておりまして、須佐之男命に代わって月読尊命（つくよみのみこと）という男神が、保食神という女神を切り殺し、すると同じように体の各部分から、さまざまな穀物が芽を吹いた。牛馬まで生じたと書いてあります。

これは穀物神アドーニスの祭りと非常によく似ていますね。アドーニスは男神。当然、キリストも男神。日本の場合は、食物を司る神様は女神です。われわれの宗教感情にも、普段は意識しておりませんが、そういうものは流れているのでしょう。ですから「印象」を読んで、〈むぎのはたけのおそろしさ〉、どうして恐ろしいのかわからないけれども、何かここに感じられる。何度も読み返しているうちに、これが実際そうであろうと、おそらくは暮鳥の感情に近いものを追体験できる印象に引き込まれるのではないかと思いますけど、それはやはり、そういう原因があるんでしょうね。

面白いものです。人種や民族は違っても、ある同じような発達段階を通って現在に至っているんですね。(33) ですから、精神のある発達段階に到達した民族なり人種なりは、同じような経験をするんですが、同じような型のお祭りを行う。お祭りが滅びても廃（すた）れても、それは伝承となって伝わる。伝わった一つが『古事記』あるいは『日本書紀』に記録されるというのでしょう。そういうことまで、この作品は感じさせる。複雑で奥行きのある感情の世界を含んでいるのではないか。短い平仮名書きの、見かけはどうということのない作品ですけれど、そういうことまで感じさせます。
これに対して『雲』に移りますと、そういう複雑な意味は、ほとんどそぎ落とされて、もっと平明になります。

雲

丘の上で
としよりと
こどもと
うつとりと雲を
ながめてゐる

「印象」を読んだときのように、読む側の神経を言葉の上に張り巡らせて、注意を集中してニュアンスを汲み取ることをしなくてもわかる世界ですね。

ある時

雲もまた自分のやうだ
自分のやうに

すつかり途方にくれてゐるのだ
あまりにひろすぎる
涯(はて)のない蒼空なので
おう老子よ
こんなときだ
にこにことして
ひよつこりとでてきませんか

大洗に詩碑が建ってまして、その詩碑に刻まれている作品が、この「ある時」ですけれども、〈おう老子よ〉と出てきます。『聖三稜玻璃』のキリスト教的な世界はどうなったのだろう。ここは老子に対する呼びかけが出てきております。

東洋的な思想に対する暮鳥の反応は、河童の絵で有名な小川芋銭(34)の影響です。晩年、暮鳥は芋銭と交友がありまして、芋銭は詩集『雲』の装丁をしております。〈自分〉は〈雲〉以上に〈途方にくれてゐる〉、どうしたらいいんだろう、というわけですね。〈おう老子よ〉と老子に呼びかける。老子の思想とは無為自然、自然のままに生きるということです。作為を捨て、無為にして自然に生きる。当時の暮鳥は、いつ自分の終末が来るかもわからない最後の時期です。暮鳥が亡くなったのは大正十三年。『雲』を自分で校正し、亡くなって翌年『雲』が本になる。そういう時期です。それからもう一つ、「おなじく」を見てください。

おなじく

おうい雲よ
ゆうゆうと
馬鹿にのんきさうぢやないか
どこまでゆくんだ
ずつと磐城平（いはきたひら）の方までゆくんか

暮鳥は平から水戸へ牧師職を転任してまいりました。そして結核に罹ってそれを辞めると、大洗で家を借りて療養する。生活は苦しい。それで平時代、非常に親しくして、暮鳥の影響を受けた詩人吉野義也(35)から、平の町の外にある菊竹山に家と土地を提供するから、一家で移ってこないかと招きを受ける。そして、そこへ移ります。ところが村民の迫害に遭う。耶蘇の坊主、それも結核。肺病みの耶蘇の坊主なんかに、山の上に住まわれては困る。われわれの飲む水は、あの山の上から流れてくる。そういう水が汚されたらたまるか。というわけで、村民の迫害を受ける。夜になると、石を家にぶつけられることがあって、一週間ぐらいで、また大洗に戻ってきます(36)。そういう思い出がある〈磐城平〉。

それからもう一つ。〈ゆくんか〉という言い方は茨城にはありません。〈ゆくんか〉は、「帰るんか」というふうにもなりますね。「君はこんなことできるんか」という言い方にもなります。これは上州訛です。暮鳥は群馬県に生まれて、青少年時代、むろん群馬を中心として成長しました。言語意識の一番大事な形成期を群馬で過ごしたわけです。当然、上州訛から抜けられない。一時期、意識的に遠ざかろうとしたかもしれませんが、いつ自分の終末が訪れるのかわからないという状況になって、これがまたひょっこりと出てきたのかもしれませんね。先ほど文化は土地に密着したものだと申し上げましたけれども、これなどはその一つの証拠かもしれません。[37]

暮鳥の詩は、『聖三稜玻璃』と『雲』では全く違う世界になっているようですが、もっとたくさんの作品を較べてみますと、暮鳥のキリスト教的な精神が、ヒューマニズム思想という面を強めて広がり、ついには東洋的な老荘の思想をも抱え込んだと考えられるわけです。[38] 暮鳥の「印象」、これは麦畑ですね。この龍ケ崎の周辺には田畑が広がっております。不思議ですね。夜雨、雨情、暮鳥、みんな場所における感覚的印象をまずつかまえて詩にしております。茨城の詩の特徴かもしれません。

*

次に中山省三郎を見ます。簡単に略歴を申しますと、明治三十七年生まれですから、暮鳥より二十年若い。そして省三郎も比較的短命で、四十四歳で亡くなっております。生まれた場所は真壁郡紫尾村。筑波山の麓、今の真壁町です。紫尾村とは、なかなか美しい名前ですね。夜雨を知って、その影響を受けます。早稲田大学に入ってロシア文学を学びます。省三郎はロシア文学者としてのほうが有名です。[39] ツルゲーネフの「散文詩」などは、高等学校の教科書にも取り入れられております。三冊詩集を出しております。どれも優れた詩集です。さすがロシア文学を深く研究した人の作品だけあって、どの作品も非常に主知的です。言葉の使い方がストイックです。主知的に抑制した使い方をしております。[40]

三冊の詩集のうちで、第二詩集『縹緲』が一番中心ではないかと私は考えておりますが、これは昭和十七年に出ております。太平洋戦争が最も激しかったときです。まず「沖縄島」という詩です。これには〈昭和十五年五月／青とも灰ともつかぬ色合で、水平線に或ひは瘤のやうにもりあがり、或ひは帯のやうに延びてゐた〉とあります。これは沖縄島の海から見た印象ですが、実は〈ゴンチヤロフ〉という人の文章を自分で翻訳したんです。そして丸印があって、その丸印の中が省三郎の書いた創作の部分です。その最初を読んでみます。

驟雨のあとで
水のたまつてゐる貝殼、
眞珠のやうな反射が　ふるへてゐる。
縹緲とひろがる海に
珊瑚礁はかくれさうになる、
かくれようとしてはまた現れて、
見えないところに
女たちの　笑ひさざめく聲がひろがる。
（沖縄島にて）

極めて簡単です。省三郎は夜雨を尊敬し、また長塚節を尊敬して、『長塚節全集』を編纂しようとしました。[41]しかし省三郎も病を得て、若くして死んでしまい、彼の手になる『長塚節全集』は出ませんでした。そういう面がありますが、郷里を離れて、ずいぶん旅行をしました。中国、台湾、沖縄、また朝鮮。旅行をして、郷里の風物とは違った風物を冷静な目でとらえ、それを材料にして詩を書いている。[42]これもその一つです。しかし読んだ印象は、たいへん温かいですね。ただ、それだけでもない。

この詩で一番ポイントになるのは、〈見えないところに／女たちの　笑ひさざめく聲がひろがる〉というところです。この〈笑ひさざめく聲〉は、最初の行の〈驟雨のあとで〉の〈驟雨〉、このにわか雨の音と交じり合う印象がありますね。融合し合う。それから、〈縹緲と広がる海に／珊瑚礁はかくれさうになる〉。この海の寄せる波の音と、やはり〈笑ひさざめく聲〉は融合し合います。こういうところで、何ということのない平明な詩だと思うんですけれども、それを超えた味わいがあるのは、まず一つそういうところにあります。

それから、〈珊瑚礁はかくれさうになる、／かくれようとしてはまた現れて、／見えないところに／女たちの　笑ひさざめく聲がひろがる〉では、そう感じている人が、ここに一人いると。それは作者です。旅をして歩いて、孤独な心を抱いている作者と、間接的に〈笑ひさざめく聲〉、海の波の音、〈驟雨〉の音、そういうさまざまな音が融合し合った世界が、対照的に浮かび上がってきます[43]。

そういう孤独の意識、ありきたりの言葉で言えば、旅愁と言えるかもしれませんが、それだけでもない。〈かくれようとしてはまた現れて、／見えないところに〉。こういうところは、かなり暗示的です。一人で旅をして歩いている自分の存在、これはやがて消えるだろう。しかし消えそうで消えない、ある営みの普遍的な世界がある。永続的な世界がある。それが、〈かくれようとしてはまた現れて、／見えないところに／女たちの　笑ひさざめく聲がひろがる〉ではないでしょうか。当時、省三郎は既に胸を患っていたと思います。こういう詩を省三郎は書きました。それからもう一編――

雨の中を發つていく双發機、
翼は濡れて　光つてゐる、
一きは鮮かな赤と白。

かの時は
香港は啓徳飛行場、
重慶行の大型機、
機體の點検をする　暗鬱な顔の支邦の青年、
朝の一(ひと)ときを　賭博に耽る
英國人の教官たち、
雨に冷いティルーム、
ガブレンツ機を待ちうけて
私たちは　靜かにお茶をのんでゐた。
うつり變る　空と光と。
もう見えぬ、
私は濡れて佇つてゐる、
今も。

（那覇飛行場にて）

これも平明な詩です。しかし平明なだけではなく、かなり深い味わいを持っていますね。〈那覇飛行場〉で飛行機を待っているときの感じを詠ったものですけれども、こういう経験が以前にもあった。前のときは、〈香港〉の〈啓徳飛行場〉で、〈重慶行の大型機〉を待っていたというわけです。そういう回想をしている。ここのポイントは〈もう見えぬ〉。最後から三行目です。〈もう見えぬ〉とは、何を言うのか。書き出しの〈雨の中を發つていく双發機、／翼は濡れて　光つてゐる、／一きは鮮かな赤と白〉。これは現在、〈那覇飛行場〉に立って、その〈飛行場〉から〈發つていく〉、自分たちが乗っていない〈双發機〉を見送っているんです。それから過去の回想に入る。〈かの時は〉と。〈かの時は／香港は啓徳飛行場〉ときて、〈私たちは　静かにお茶を飲んでゐた〉。そこまでが回想です。それから、また現在に帰ってくる。〈うつり變る　空と光と。／もう見えぬ〉とは、今雨の中を発っていった〈双發機〉です。雨の中ですから、雲がかかっているのでしょう。直接には、そのことを〈もう見えぬ〉が言っている。しかしこれは、人間の営みの限界のようなことを言っているのでしょうね。すぐに見えなくなる。自分の生命も、というのでしょう。生の営みの限界、運命的な限界、その寂しさ。その限界の中に、〈私は濡れて佇つてゐる、／今も〉というわけです。私の見えないところで、私を超えた永続的なものが続いていることも感じさせます。[44]

　これは「沖縄島にて」にも共通する寂寥感、孤独感、自分の生命の限界性、限界性を招く運命的なもの、そういうものを感じさせます。言葉遣い一つひとつに難しいところはありません。しかし全体を読んでみると、言葉で表現された以上の、その奥にあるものを感じさせる詩です。さすがに外国文学をよくやった、ロシア文学をやった方だけあって、非常に明晰で主知的で、言葉遣いは抑制されてストイックです。それであって、もっと深いものを感じさせます。[45]

　今まで四人の詩人を取り上げて、その作品を読んでみました。暮鳥は群馬の出身で、その出身地の訛を晩年まで捨てられない面がありましたけれども、とにかく茨城で最期を送りました。夜雨、雨情、暮鳥、この三人は、関東平野の最も代表的な平野部である茨城の土地、この土地における風物、経験をきっかけとして詩を書いております。多くは畑が出てくる、田が出てくることです。私たちが毎日見ている風景です。何の変哲もない風景をつかまえて、非常に奥行きの深い、あるいは恐ろしい世界まで取り込んだ詩を書いている。[46]

それに対して省三郎は、郷里から脱出しようとしたんでしょうね。この平坦な土地にいてはどうしようもない、と思ったのではないでしょうか。そしてまた、先輩の三人の詩人の世界とは違う世界を作りました。

*

最後にもう一人、沢ゆきさんの作品を見たいと思います。沢さんは、この龍ケ崎の詩人です。生まれたのは明治二十六年ですから、暮鳥と省三郎のちょうど間ぐらいでしょうか。暮鳥は明治十七年、省三郎は明治三十七年、ほぼ十年間隔ですね。順序としては、沢さんは省三郎より先輩になる。稲敷郡茎崎村で生まれ、龍ケ崎町の飯野家に嫁ぎました。生まれた家も素封家、造り酒屋だったでしょうか。嫁いだ飯野家、これも立派な大きな家です。大通りをずっとまいりますと、砂町という町があります。そこに道路に面して飯野屋という看板、まだ出てるかもしれません。そこが沢さんの住んでいらした家です[47]。

『孤独の愛』という第一詩集を大正十年に出しております。省三郎の『縹渺』が昭和十七年ですから、それよりもかなり早い。暮鳥の最後の詩集『雲』が大正十四年。『孤独の愛』は口語自由詩です。雨情などによって確立された口語自由詩のスタイルで、ロマン主義的な感情をあふれるように表現した詩です。そういうところに特徴があります。詩集が出たときに、島崎藤村にたいへん褒められました。藤村の『飯倉だより』という随筆集の中に出ております[48]。繊細華麗なレトリックで自然流露的。〈自然流露〉という言葉は、ロマン主義の文学思想にとって一つの大きな価値観を表す言葉です。

今まで見てきた詩人の中で、最も〈自然流露〉的な書き方をしたのは沢さんです。この〈自然流露〉は、日本の詩人たちが明治の末とか大正の初めに作り出した言葉かというと、そうではありません。翻訳語です。元はウィリアム・ワーズワースの詩論に出てきます[49]。詩論の中で、詩とは“the spontaneous overflow of powerful feelings” である、と定義を下した部分があります。“powerful feelings”「力強い感情」の、“spontaneous”「おのずからなる」、“overflow”「あふれ出ること」です。掘り抜き井戸のようなもの、あるいは泉のようなのがあって、下から水がわいて出る。そして一杯になると、水が外にあふれ出ます。それが“overflow”です。だから「力強い感情のおのずからなる流出である」という意味で、これが〈自然流露〉に当たるんですね。『孤獨の愛』から一篇読んでみます。[50]

小さいやすみ

秋風は並木から畑のなかをふきなぶり、
戀人は忘れた唄を私にきく。
氣がるな勞働の疲が柔かい肌に沁んでくる小さい二人が休みの時、
戀人は私のむき捨てた豆がらの上にふせる。

もろこしの青い葉風と光にもつれ乍ら、
長い影が私の髪の毛に花のやうに止つたことを
あなたはよねんなく私を見て
いじらしい眼付をみはつて其の事を大切さうに賞めた。
かよはい二人の胸の押ひらくだけの力と勢と
ああ光の雨と降る只なかに

らいはいの心もてしばらくは
花のくちづけよりも
なほするどく私はおびえてゐます。

あたたかさうな兩方のひざの上に
私のかほを埋めさせて下さい、
まだ私の知らなかつた悲しみをあなたも知らないと答へられた時、
こらへきれないせつなさをだまつて微笑んだせつなを、
ときおり思ひ出させるために
たださうつと私をやすませて下さい。

一読して恋愛感情を詠っていることはわかりますね。繊細華麗な言葉で、非常にデリケートな屈折の多い感情を自然流露的に表現するところに、沢さんの特徴があると申しましたけれども、読んだだけでも、それがおわかりかと思います。しかし決して単純ではありません。〈秋風は並木から畑のなかをふきなぶり〉。夜雨、雨情、暮鳥に共通する、畑とか田とか、われわれの周囲に見える景物から発想しております。やはりわれわれの住んでいる環境を、そのまま踏まえております。〈戀人は忘れた唄を私にきく〉というんですから、〈私〉は〈戀人〉と一緒に、ある〈唄〉を歌ったことがあるんでしょう。〈唄〉とは歌詞のことでしょうね。あの歌詞はどうだったかしらと。

〈氣がるな勞働の疲が柔かい肌に沁んでくる小さい二人が休みの時〉。〈沁む〉というのは、刺激が堪（こた）えるという意味です。この場合、滲むというよりは、刺激が体に堪える、疲れが柔らかい肌に堪えてくるという意味です。これはこの土地の表現だと思います。労働をしていた。農作業です。作者が恋人と二人で。その休みのとき、〈戀人は私のむき捨てた豆がらの上にふせる〉。これが第一節です。

〈もろこしの青い葉風と光にもつれ乍ら〉。〈もろこし〉が立っている。その〈長い影〉。〈もろこし〉の〈長い影〉ですね。〈長い影が私の髪の毛に花のやうに止つたことを〉。〈私の髪の毛〉にその〈影〉が落ちたんですね。それを〈花のやうに止つた〉と表現している。その〈止つた〉ありさまを、〈あなたはよねんなく私を見て／いじらしい眼付をみはつて其の事を大切さうに賞めた〉。〈賞めた〉というのは、〈長い影が私の髪の毛に花のやうに止つたこと〉を〈賞めた〉んです。

〈かよはい二人の胸の押ひらくだけの力と勢と〉とはどういうことか。〈二人の胸の押ひらくだけ〉というのは、〈二人の胸〉から押し出せるだけの〈力と勢〉と、それから〈光〉です。〈雨と降る〉は、雨のように降るただ中にですね。自分たちの発散するエネルギー、それに降り注ぐ光、そういうものを二人が浴びているという感覚です。その〈只なかに／らいはいの心もてしばらくは〉。人間を超えるものを、ある存在を礼拝するような敬虔な心で、という意味ですね。

〈花のくちづけよりも／なほするどく私はおびえてゐます〉。〈花のくちづけよりも〉というのは何でしょうか。〈なほするどく〉ですね。何を見ているか。花に口づけされるよりも、もっと美しい純粋な愛の到来、その予感に私はおびえています、ということでしょうね。恋人が私を抱擁してくれるか、あるいは、そういうことはしないまでも、何か私に対する告白をしてくれるか。とにかく花に口づけされるよりも、もっと至純で至高な愛の到来の予感に私はおびえているんですね。

〈あたたかさうな兩方のひざの上に〉。これは後を読みますと、恋人の両方の膝の上にという意味です。〈私のかほを埋めさせて下さい、／まだ私の知らなかつた悲しみを〉と言いますと、つい今まで、という意味でしょうか。私が知らなかった、しかし今知った悲しみを、というニュアンスがありますね。その悲しみがどれだけ深いのか、あなたも知らないと答えられたときという、ここはとても複雑です。感情が屈折しております。〈こらへきれないせつなさをだまつて微笑んだせつなを〉。私が微笑んだのでしょう。その刹那を〈ときおり思ひ出させるために〉。〈思ひ出させる〉というと、あなたに思い出させるために、同時に私も思い出すために、というようなニュアンスですね。〈たださうつと私をやすませて下さい〉。これだけデリケートで細やかに屈折していく恋愛感情を、この時代に、こういう口語自由詩で書いたことは、やはり立派なものだと思います。[51]

（一九八三年一月二十三日、龍ケ崎市民センター）

（1）星野清一郎（一八九七－一九三一）。旧制中学校の博物学教師として、江戸崎農学校、磐城中学、竜ヶ崎中学で教えた。清一郎の教え子たちの追悼文が、竜ヶ崎中学『校友会誌』三十三号（一九三二）と三十四号（一九三三）に残されている。当時、竜ヶ崎中学で学んでいた、戦後の短歌界を代表する大野誠夫（一九一四－八四）も「氷原」と題する追悼文を寄せている（小田部雅子「誠夫少年　その三─星野先生─」）。その大野と星野は、四十年後の一九七一年、ある出版記念会で運命的な出会いを果たすことになる（「大野誠夫像の一断面」）。六歳の心に残した喪失感あるいは亡父への想いは、『落毛鈔』（一九八五）の〈蛍〉に寄せる詩篇からうかがえる。「二つの闇」では、〈蛍〉が飛び交う〈風の落ちた闇〉、〈ほてる身体よりあつい闇〉の中を、〈湯あがりの身体を糊のきいたゆかたに包み〉ながら〈父の手に引かれて歩いていた〉ことが回想される。『落毛鈔』を編んだ理由に、清一郎より生きながらえて還暦を迎えることの感慨を星野はあげているが、五十年以上を経てはじめて、その死の意味を了解し得たともいえる──

〈アサギマダラに運ばれて来て　父の化身の土を踏むわたし……半世紀を超える父の渇きを癒したくて〉

(「三度何処へ――」)。

(2) 赤松や牛久沼の増水の記憶は、たとえば「宿縁としての毛物」の〈赤松林〉、「何処へ」の〈浮沼〉に重なる。時空のフィルターを通した遠い記憶には、〈風土記の末裔の　利根川べりの村〉の風景が広がる(「村」)。

(3) 星野は『茨城近代文学選集V　詩歌篇』(一九七八)を編集し、横瀬夜雨、野口雨情、山村暮鳥、中山省三郎、沢ゆきを含む二十八名の茨城の詩人たちの詩業を批評的観点から紹介する。「解説」の近現代詩史にふれた前半部分は、「近代詩から現代詩へ」として『詩的方位』(一九八四)に再録。

(4) 河井酔茗(一八七四-一九六五)。詩人。口語自由詩を提唱。『文庫』の詩欄で夜雨を発見し、〈明治、大正、昭和の三代に亘り、横瀬夜雨氏の存在は詩人としての奇蹟であるばかりでなく、人間生活の記録としても確かに奇蹟に價する〉と評した(『詩と詩人』(一九四三))。

(5) 教育者・山縣悌三郎(一八五九-一九四〇)を主幹とした児童雑誌『少年園』(一八八一-九五)の投稿欄から独立した雑誌(一八八九-九五)で、さらに改題されて『文庫』(一八九五-一九一〇)となる。星野による補足――〈「文庫」は、詩欄の選者河井酔茗によって、白秋や三木露風などのすぐれた新人を育成したが、筑波根詩人の横瀬夜雨や水戸出身の清水橘村もまたこの雑誌で頭角をあらわしたことは記憶されてよい〉(「解説」)。

(6) 外山正一(一八四八-一九〇〇)、矢田部良吉(一八五一-九九)、井上哲次郎(一八五六-一九四四)による共同編訳書。〈日本ノ詩ハ日本ノ詩ナルベシ、漢詩ナルベカラズ、是レ新体ノ詩ノ作ル所以ナリ〉と、〈新体詩〉という新しい時代にふさわしい詩的表現の創出をめざした。

(7) 『花守』(一九〇五)、『二十八宿』(一九〇七)。星野は夜雨の詩風の特色を、〈文語定型を用いて、ロマン主義的な至純な愛への憧憬と人並みでないわが身への呪いとの、感情の両極の間ではげしく揺れながらうたった点〉に見る（「解説」）。

（8）夜雨は三十五歳のとき、「いはらき」（現「茨城新聞」）の短歌欄「木星」の選者となり（一九一三－二〇）、一九一五年に歌集『死のよろこび』を出版。夜雨の短歌について星野は、〈長塚節以来、アララギ系の写実優位の本県短歌界にあって、夜雨は反写実の貴重な実作例を残した〉と評し、〈イメジの造形と〈心理的翳影〉に戦後の前衛短歌に通じるものを見た（「解説」）。この指摘は、星野自身、戦後間もなく歌誌『アララギ』への投稿で歌作を始め、のちに前衛短歌を志向した歌誌『棘』（一九六三－六九）の創刊と編集に関わったことを考えると興味深い（「非写実短歌をめぐって」、「呪歌としての短歌をこそ」）。

（9）夜雨の詩の美質は、日夏耿之介（一八九〇－一九七一）が〈ツクバネ・サンティマンタール〉とよんだもの（『明治大正詩史』（一九二九））、すなわち〈荒削りの措辞法〉によって強い〈鄙ぶりの創出〉が認められる民謡調の詩にあらわれると星野は考える（「解説」）。

（10）音数律は、五七、七五の音節数による歌作の基本となる韻律。星野の初期批評では、〈韻律〉とは〈余韻という心理的効果をもたらす修辞的技法を指す〉という説明をはじめ（「余韻と韻律の関係について」）、短歌（定型）と詩の違いに関する議論が目立つ（「短歌的律の問題」、「短歌的表現の遠心性と求心性」、「短歌的イメジ」、「短歌における機知について」）。こうした形式への関心は、なにより星野が、フォルマリズムの一支脈であるニュー・クリティシズムの影響下で文学を始めたことによるが、同時に自身の方法論を見出そうとする模索のあらわれでもある。定型詩の文体について、〈短歌、俳句はその詩型の特質からして一首一句が自己完結的でなければならないから、思考、イメジ、経験の論理的な発展を成就することは固有的に不可能であって、その不可能なところが詩においては作品の完結体として可能であるという違い、これを失っては詩の意義がないように思われてくる〉という認識は（「詩誌批評＊主として詩の文体と定型詩の文体」）、星野の実作において、とくに歌作から詩作への転向以後、変わることはない――〈音数律を採った途端に思考も感情もパターン化し、詩は色あせてしまう。なら詩の形式とは何か。思考や感情の波動に即した口調、言葉の呼吸とでも言うほかないだろう。詩を書くとは、この暗黙の形式を言葉でとらえる行為なのだ〉、〈定型をもたないところから出発しながら、ある暗黙の形式に接近してゆく詩作の態度と、定型を前提としながらも、その定型に抵抗する意識をもたないと新鮮な作品が生まれるはずのない短歌俳句の制作態度とは、ちょうど逆の関係にある〉（「詩の、言葉の形式」、「茨城新聞」一九九〇年三月二十三日）、〈詩は短歌に比べて不自由である。確固たる詩型に対してはさまざまな、しかも大きな内圧（題材の）を加えることが可能だが、詩の場合、短歌の詩型に見合うものは、それぞれの作者がそれぞれのテーマに応じて作り上げてきたスタイルのほかにない〉（「作者なりの文体、方法」、「茨城新聞」一九九一年二月十五日）、〈定型は、表現の範囲を限定するという枷になるのと同時に、限定的枷をアプリオリなものとして受容するとき、表現の方法の思い切った実験が可能になるという、言わば逆説的な性格をもつ〉（「無意味の時代の詩、短歌、小説」）。

(11) 同じような詩趣として星野の草稿への引用に、島崎藤村「おくめ」――〈こひしきまゝに家を出で／こゝの岸よりかの岸へ／越えましものと来てみれば／千鳥鳴くなり夕まぐれ〉。

(12) 斎宮女御徽子（九二九‐九八五）。三十六歌仙の女流歌人・皇族歌人。醍醐天皇の第四皇子・重明親王と藤原忠平の二女・寛子との間に生まれる。八歳から十年間、伊勢神宮の斎宮を務め、二十歳で村上天皇の女御として入内。村上天皇と徽子との贈答歌が『斎宮女御集』にまとめられている。山中智恵子『斎宮女御徽子――歌と生涯』（一九七六）から動機を得て、星野は「斎宮女御徽子」を書いた。冒頭に〈白露のきえにし……〉を含む三首の引用。

(13) 常世の鳥とされる〈雁〉は、『源氏物語』「須磨」でも詠まれている――〈初雁は恋しき人のつらなれやたびのそらとぶ声の悲しき〉、〈かきつらぬ昔のことぞ思ほゆる雁はその世のともならねども〉、〈心から常世をすててなく雁を雲のよそにも思ひけるかな〉。〈蝶〉に〈魂を運ぶものとする感情〉がふくまれることを論じるときに星野は、古代人の意識の発達の過程を遡ることで、〈羽があって飛ぶもの〉は〈鳥〉であり、〈古くから鳥は霊魂の伝達者であると信じられていた〉と説明する（「変身する詩人」）。

(14) 講演「近代茨城の詩人達」（一九八五年八月十日、茨城県民文化センター）での説明資料に、〈夜雨は傴僂病という現実に縛られていた。お才は身売りして筑波のふもとに縛られていた。想像的共感〉という書き込みが見られる。

(15) ニュー・クリティシズムによれば、作品は、作者の伝記的事実や歴史的・社会的文脈から切り離された生命体のようなもので、自己充足的な客体と捉えられる。そしてその価値の解明には、語義の十全な理解にもとづく語句の配置と関連性に集中するクロス・リーディング（精読）を基本とする。〈作品自体にないものまで読み取る危険性〉を回避して、作品価値を最大限に引き出す星野の読みの基本スタンスは、次のことばからうかがえる――〈詩人が、ある対象との対話を通してあるイメジを定着したとすれば、わたしはさらに、定着されたイメジとの対話を通してそのイメジに含まれる意味を、呼び出してみたい〉（「石との対話」）。この〈対話〉によって、詩句の背後にひそむ意味や論理を抽出する具体的かつ最良の実践例を、たとえば、ディラン・トマス「わたしの裂くこのパン」のテキスト分析に見ることができる（「陰喩的と原型的」）。

(16) 労働運動家・社会主義者片山潜（一八五九－一九三三）による社会主義運動の機関紙『労働世界』に、雨情は「村の平和」、「茄子の花」を書いた。

(17) 雨情は、わずか一か月ほどだが、「小樽日報」で石川啄木と記者の仕事をしている。啄木の日記には、〈記者としての一からを雨情に学んだ〉とある。

（18）『新体詩抄』以後、文語定型詩から口語自由詩への移行を軸に、「荒地」と「列島」までの詩史的展開について、その簡要な見取図が「近代詩から現代詩へ」で描かれる。終戦から昭和四十年代までの詩的状況については、「安保詩再考」、「詩・政治・祭祀」のほか、『詩的方位』所収の諸論（「戦後詩と海外詩」、「昭和四十年代の詩」、「無意味の時代の詩・短歌・小説」）を参照。

（19）〈隠喩〉metaphor。二つのものを、〈～のような〉の関連性を示すことばを使わずに、一方の属性を、その類似性から他方の属性に移して（または見立てて）表現する。共通する属性が不明の場合、より暗示性が増す――〈外見的には少しも似ていない二つの物　心臓と球根との内的機能のかなりな部分が　このようにして重なり合うのは殊に興味深い〉（「静物2」）。

（20）〈寓喩〉allegory。抽象的な観念や内容を具体的な内容で比喩的に表現する――〈ビジョンを実在のものと感じたであろうひとびとにとって、現実は逆に仮象の世界、幻の巷にすぎなかっただろう。その能力を回復することが、人間の姿の全体性の回復にもし通じるものならば、それは失われたままに放置しておいてよいものではない。そして、それの回復は、宗教の道を選ぶのでなければ、詩の道を通す以外にないだろう。詩の道を通すとき、寓喩の機能を考え直さねばならなくなってくる〉（「幻想・現実・寓喩」）。

（21）「百姓の足」は、〈資本主義的社会構造に対する寓喩的批判の詩としても読めるのであり、またそれだけの寓喩的構造を備えていると言ってよい〉（「四季の手帳5」、「いはらき」一九八六年五月十一日）。

（22）生活を合理化する技術である〈文明〉が感情の様式を表現する〈文化〉を破壊しているのが現代であるという意識は、S・K・ランガーの思想でさらに強められた（「S・K・ランガーの文明論」）。したがって星野は、存在の根拠または詩を書くためのエトスとして、アスファルトの上よりも、土に足をつけて書くことに価値をおく（「文学は今何をなすべきか」、「詩の土壌豊かな茨城」）。芸術の成立原理に虚の空間の造形を考えたランガーに星野が接近したのには、そのシンボル理論が神話と文学との関係の考察に関わり、神話批評の理論的支柱に成り得るとの理解があった――〈S・K・ランガーは、カッシラーがまたいで過ぎた夢、おとぎ話、神話などの関係について、それらのものの関係をシンボルの形成や機能の解明という点に収斂しながら、詳細な考察をめぐらした〉（「夢と神話」）。

(23) 講演メモには、〈キリスト教思想を中心とした象徴主義、言語実験の頂点が『聖三稜玻璃』。その後はキリスト教的ヒューマニズムが、人道主義や自然主義、老荘思想を抱えこんで『雲』の閑寂境に至る。晩年、小川芋銭と交わる（詩集の装幀）。形而上性〉とある。暮鳥の〈形而上性〉について星野は、暮鳥を〈日本の詩歌の歴史に欠落していた形而上詩〉の〈端緒を開いた〉詩人と捉えるが（「現代日本の形而上詩」）、この位置づけは、星野が標榜する形而上詩のありか、またそれを軸とする星野自身の批評と実作の詩的営為を検証するうえで示唆的である。

(24) 中世フランスの寓意詩『薔薇物語』の〈これは円形をなす三角／これは三角形をなす円／その中にこそ聖処女は憩いの場を見出した〉にふれた説明――〈三位格のそれぞれが三角形のそれぞれの頂点をなすわけだが、その三位格は一体不可分のものであるから、三角形は同時に自己充足的な円でもあり、そして三位格を一体ならしめ、三角を円形ならしめているのが聖処女であるとする思想のようである〉（「円または三角」）。

(25) 麦畑に分け入り、歩んでいくときの星野自身の印象――〈黄金の麦のかがやく穂を千切る束の間われはピラトの裔〉、〈生麺麭のごときかなしみ睡りたる子を抱きてゆく小麦の畠〉（「麺麭の家」）。

(26) "How neatly do we give one name / To parents' issue and the sun's bright star! / A son is light and fruit" (George Herbert, "The Son") 〈なんと巧みなことよ、親の子と光り輝く太陽に／まさに同じ呼び名をつけるとは！／息子とは　光にしてまた子孫〉（ジョージ・ハーバート「息子」鬼塚敬一

訳『ジョージ・ハーバート詩集』(南雲堂、一九八六))。または、"I am thy son, made with thy self to shine" (John Donne, "As due by many titles")〈私はあなたの子供、あなたと共に光輝くために創られた〉(ジョン・ダン「多くの権利により」湯浅信之訳『ジョン・ダン全詩集』(名古屋大学出版会、一九九六))。この地口は現代詩にもあらわれる。たとえばキャスリン・レイン――"And from my low polluted bed arise/New sons, new suns, new skies" (Kathleen Raine, "The Pythoness")〈わたしの低い汚された寝台から/新しい息子　新しい太陽　新しい空が立ち現れる〉(星野徹訳「巫女」)。

(27) 同音または類似の音を重ねて異なる意味を導く言語遊戯。〈パン〉pun ともいう。

(28)〈この町に一人の罪深い女がいた。イエスがファリサイ派の人の家に入って食事の席に着いておられるのを知り、香油の入った石膏の壺を持って来て、後ろからイエスの足もとに近寄り、泣きながらその足を涙でぬらし始め、自分の髪の毛でぬぐい、イエスの足に接吻して香油を塗った〉(「ルカによる福音書」七章三七‐三八節)。

(29)〈そして、週の初めの日、明け方早く、準備をしておいた香料を持って墓に行った。見ると、石が墓のわきに転がしてあり、中に入っても、主イエスの遺体が見当たらなかった〉、〈そして、墓から帰って、十一人と他の人皆に一部始終を知らせた。それは、マグダラのマリア、ヨハナ、ヤコブの母マリア、そして一緒にいた他の婦人たちであった〉(「ルカによる福音書」二四章一‐三、九‐一〇節)。

(30)〈一粒の麦は、地に落ちて死ななければ、一粒のままである。だが、死ねば、多くの実を結ぶ〉(「ヨハネによる福音書」一二章二四節)、〈蒔かれるときは朽ちるものでも、朽ちないものに復活し、蒔かれるときは卑しいものでも、輝かしいものに復活し、蒔かれるときには弱いものでも、力強いものに復活するのです。つまり、自然の命の体が蒔かれて、霊の体が復活するのです〉(「コリントの信徒への手紙一」一五章四二‐四四節)――〈一粒の麦〉をめぐるこれらの聖句に、星野は〈死と再生のパターン〉の〈キリスト教のシンボリズム〉を求め、ことばによって〈現実の世界〉と可逆的に測り合う〈反世界〉、その想像力の世界を特徴づける原体験のひとつに、この〈死と再生のパターン〉があることを論証する(「ひとつぶの麦」)。

(31)〈一粒の麦〉をモチーフとした星野自身の詩的形象――〈ベツレヘム　パンの家　鼓腹撃壌のまぼろしの別名のような町だから　なおさら彼は蒔かれるのだ　ひとびとの手から乾いた畝へと　なおさらまぼろしをこめて乾いた手は蒔くのだ　彼を　彼のひとつぶずつのまぼろしを〉(「アドニス」)、あるいは〈オシリスの死体よりかぎりなく麦を発芽せしめて豊饒儀典〉(「夜の塩」)。

(32)講演「近代茨城の詩人達」(前出)の資料にはまた、暮鳥の「光」も含み、その〈かみのけに/ぞっくり麦穂〉の〈麦穂〉には〈キリスト復活の姿〉とあり、さらに朔太郎の〈罪びとの肩に竹が生え〉――「竹」の決定稿から削除された箇所――にふれ、〈暮鳥の麦と朔太郎の竹、よみがえりのしるし〉との書き込みがある。「山村暮鳥」にも、〈「印象」に検出された原体験の世界、それは萩原朔太郎の『月に吠える』(一九一七年)を特色づける竹のモチーフによる数篇の世界に対応するものである。朔太郎の竹のモチーフと類似の役割を、当時の暮鳥においては〈むぎ〉のモチーフが果している〉とある。朔太郎と暮鳥のイメジに関する論考は、ほかに「『月に吠える』の一断面」、「萩原朔太郎の象徴的イメジ」、「山村暮鳥覚え書」、「つりばりから鉄の鉤へ」、「山村暮鳥覚書――『聖三稜玻璃』成立当時の宗教意識」。

(33)〈汎人類的なコンテクストにおいて神話類型、あるいはイメジの原型を究明するという点〉で〈文明起源の単一説〉をとる英文学者・土居光知(一八八六－一九七九)との相違にふれて、〈人間の精神発達の似たような段階からは似たような思考、感情、イメジが生み出されるというのがわたしの予想であるし、何よりも詩の作品が主な関心の対象であるということもあって、たとえば『聖書』と『古事記』の間に伝播影響の根を探ろうという意欲は湧かないのである〉と、星野は自身の関心と志向を説明する(「わたしの詩論・一つのポイント」)。

(34) 小川芋銭(一八六八―一九三八)。日本画家。本多錦吉郎(一八五一―一九二一)に洋画を学び、新聞などに諷刺的な漫画や挿絵を描いたが、のちに日本画を独修。茨城県牛久に住み、牛久沼の風物や河童を主題に文人画を描いた。

(35) 吉野義也(一八九四―一九七〇)。三野混沌の名前で詩作。一九一六年、福島県平市(現いわき市)郊外の菊竹山で開墾生活に入る。草野心平の「銅鑼」、「歴程」に参加。詩集『百姓』(一九二七)、『開墾者』(一九二七)、『或る品評会』(一九三一)、『ここの主人は誰なのか解らない』(一九三二)、『阿武隈の雲』(一九五四)。

(36) 〈その頃山麓の部落は村でも顔の広い旧家が並んで、その権力も利いていた。そこの飲料水は各戸菊竹山の中腹の沢から湧水を引いて使用している。その水源地に肺病やみの、しかも最も毛嫌いするヤソの坊主が住むことはと、彼等は躍起になり、一団となって混沌の小屋になだれこんだ〉(吉野せい『暮鳥と混沌』(弥生書房、一九七五))。

(37) 上州訛の〈ゆくんか〉から、亡父の実家があった群馬県安中で過ごした幼年時の記憶にふれて星野は、ことば(とくに詩人の)は生きる土地と切り離せないことを強調する――〈晩年、磯浜海岸に居を定めて療養生活を送りながら、『雲』の作品を書いたわけだが、そこに茨城弁ではなくて上州訛が顔を出したのも、もっともである。一般に詩人の言葉ほど言語のローカリティに深く根ざしているものはない〉(「暮鳥と上州訛」)。

(38) 実験的性格の『聖三稜玻璃』から老荘思想の色濃い『雲』への対極的な変化にも、〈キリスト教的ヒューマニズム〉が一貫することを星野は指摘する。キリストに人間の苦しむ姿の栄光を見て、貧困と病苦に堪えながら、苦しみの限界にあっても、現実を乗り越えんとする暮鳥の精神性であり、それは〈キリスト者に徹した克己澄明な人生観照〉と言い換えられる（「概説・関東Ⅰ（茨城・千葉・神奈川）」）。

(39) ツルゲーネフ、プーシキン、ドストエフスキー、シストフ、メレジュコフスキーなどの翻訳のほか、評伝『ドストエフスキー』（一九三六）がある。省三郎と同級で、在学中、一緒に同人雑誌「街」と詩誌「聖杯」を出した火野葦平（一九〇七－六〇）は、省三郎に詩人の資質を認め、その訳詩の完成度を評価する――〈彼は先天的に縹緲の詩人であった。そのため、ドストエフスキイの「カラマゾフの兄弟」を訳すときには息苦しさにペンがすくみ、ツルゲーネフの「猟人日記」に対しては、のびのびと仕事がすすんで、或る批評家が評したやうに、世界一の名訳が完成されたのである〉（『水宿』「縹緲の詩人――序に代へて」）。

(40) 第一詩集『羊城新鈔』は限定七十五部で、昭和十五年の発行。第二詩集『縹緲』（一九四二）に続く第三詩集『豹紋蝶』は、昭和十九年に出された。ほかに随筆集『海珠鈔』（一九四〇）、長塚節研究の『長塚節遺稿』（一九四二）。没後十年には、遺稿詩集『水宿』（一九五七）が編まれた。

(41) 『長塚節全集』編纂のほかに、横瀬夜雨『雪あかり』（一九三四）、長塚節『浮巣』（一九三七）、『長塚節遺稿』（一九四二）を編集。

(42) 火野葦平にとって省三郎は、〈文学的にも人間的にも世界に一人しかいない友人〉であった。〈友人〉は、〈旅に憑かれた漂泊の詩人〉であり、〈旅をすればかならず詩をつくり、漂泊詩人の本領を発揮した〉。そして、〈生活と人間とのありやうについて語り、思いがけぬ光景にぶつかる旅の楽しさをいった〉（「縹緲の詩人」）。

(43) こうした分析で前景化する詩句の共鳴または関連は、星野が〈感覚的ロジック〉として説明するものである――〈詩には詩としてのロジックがなければならない。枠組みだけでは散文のロジックと同じだが、詩の場合、ロジックを成立させるのは感覚的アナロジー、感覚的共通性であって、原因結果の判断に基づく散文のロジックとはそこが大いに異なる〉（「感覚的ロジックの精妙」、「いはらき」一九九二年八月二十八日）、〈散文と異なり、言葉と言葉をつなぐとき、意味を少しずつ飛躍させていくのが詩というもの。意味をたどることが出来て、さらに感性が跳躍する。書いた背後に、〝もうひとつの世界〟が暗示されるようなら、それは良い詩になります〉（「言葉の深みを探る日々」、「まいいばらき」二〇〇五年二月三日）。

（44）星野は、省三郎の詩について〈旅愁〉とのかかわりから、次のように説明する――〈中山省三郎の詩は、旅行中の嘱目に取材したものが多い。中国、台湾、沖縄、朝鮮、三宅島、その他をめぐり歩きながら、醒めた眼と温かい情念と簡潔、的確な語法で、あるいは風物を、あるいは人情をとらえ、ときにそこはかとない旅愁を、ときには旅愁を通して、人間の運命の傾きを暗示する〉（「解説」）。

（45）〈特に詩運動に参加したことはないようだが、ロシア文学の教養を背景とする主知的な、そしてストイックな態度は、きびしく鍛錬された言葉の形式感覚となって結果し、その形式感覚がイメジの映発に寄与する〉（「解説」）。

（46）オギュスタン・ベルクは、〈風景〉を〈文化的アイデンティティに関するきわめて確かな指標〉と説明する（『日本の風景・西欧の景観』（講談社、一九九〇））。それに倣えば、〈風景〉とは、主体的な意志を反映した視線で切り取られた空間であり、文字通りその分節化によって自己と世界／他者の意味づけを含むとすれば、世界認識としての価値とともに〈文化〉の可能性をもつことになる。

（47）沢ゆきとの出会いについて、親子ほど離れた詩人を造り酒屋の自宅に訪ねたときの記憶――〈うつ向いて、身体を固くして、高名な詩人の印象などをうかがった。どことなく匂うような、さながら乙女の雰囲気に、わたしは顔に、頭に血がのぼるのを感じた〉（「はじめて会った詩人」）。沢と星野は、稲敷郡（現稲敷市）で発行されていた栗山薫編集『新樹』（一九五〇－五四）、福田古山編集『未完成』（一九五〇）にメンバーとして名を連ねている。

(48)『飯倉だより』は、藤村の第三随筆集。北原白秋の弟鉄雄が経営するアルスから一九二二年に出版された。「婦人の眼ざめ」と題する文章で、〈近頃、私は沢ゆき子女史から新しい詩集の寄贈をうけた。『孤独の愛』一巻には女詩人ならではと思はる詩が多い〉と書き出され、「孤独の愛」を短く引用したあとで、〈何といふ女らしさ、溺れ易さだらう。これほど病的と思はれるまでに女性自身の深い感覚を意識して来たことは、故一葉女史の描いた婦人なぞには見られない〉と続く。

(49)ウィリアム・ワーズワース(一七七〇-一八五〇)は、P・B・シェリー(一七九二-一八二二)、ジョン・キーツ(一七九五-一八二一)とともにイギリス・ロマン派を代表する詩人。S・T・コールリッジ(一七七二-一八三四)との詩集『抒情歌謡集』*Lyrical Ballads* の序文(第二版)で主張した。ロマン派詩学の検証は、星野にとって、エリオットの反ロマン主義を考えるうえで不可欠な作業となり(「ロマン派詩学と現代」)、その中で「ヴァイタルな風」、「ハープ考幻」という重要な詩論が生まれた。

(50)龍ケ崎市歴史民俗資料館敷地内に設けられた沢ゆきの詩碑の除幕式のあと、星野は「沢ゆきの詩の抒情性」と題する講演を行っている(一九九〇年七月十四日、龍ケ崎市文化会館小ホール)。川路柳虹が『孤独の愛』に寄せた「序」の〈月光の下に嘘唏する噴水〉という形容に沿って、「孤独の愛」、「夜の面ざし」、「沼にきく」の精緻な読みを通し、ゆきの〈小川のように滑らかに流れる〉〈一見華麗な抒情〉は、実際には〈アンビヴァレンス〉を含むため、〈屈折し、亀裂を生じ、これを言葉でつくろいながら(つくろうことが愛の、エロスの行為)流れてゆく抒情〉であると論じる内容が、その入念に準備された草稿からわかる。そして講演は、ゆきが〈月としての役割を引受け、月としての抒情を生涯変えなかった〉ことを軸に展開し、藤村の〈何といふ女らしさ、溺れ易さ〉という評は〈皮相的〉であり、〈柳虹が言いかけて控えてしまった〈詩神沢ゆき〉、または〈沼と月の詩人〉、〈女性原理の詩人沢ゆき〉という呼び方を呈上してもよい〉と結ばれる。これらの呼称は、戦後間もなく詩を書き出したころに出会い、そして同じ時期に『孤独の愛』からの空白を埋めるように、『沼』（一九六二）と『浮草』（一九七一）に結実する詩作に再び向かった先達詩人へのオマージュでもあろう。星野は講演後、別のところで（「いはらき」一九九〇年七月二十七日）、「夜の面ざし」の読みをさらに深め、〈《夜》を自分の恋人に見立てて、その恋人との熱烈な交渉を語っているが、そのような発想自体にどこかデモーニッシュな凄みを感じる。昼が日常の世界であれば、夜は異次元の脱日常の世界。そのような世界への作者の志向のすさまじさを感じる〉とも述べ、〈民謡や歌謡〉を書いた多くのものとは一線を画し、〈きっぱりとした制作態度で生涯を貫いた〉、その詩人としての〈優しくて強靭な〉意志と〈異次元の世界への志向〉を高く評価する。

（51）ここに採録した録音はここまでだが、当日の資料から「除草」の鑑賞が続いたことがわかる。講演内容を推測させる書き込み――〈詩の塔を倒して〉に始まる第一連に〈比喩、庭の石組み、詩の世界への訣別〉、〈女性的な太陽の下で働く女の開放感、二つのものの照応の妙〉、第二連の〈業〉に〈詩を書いてきた報いとしての労働、女として人を愛した報いの煩悩〉。詩風については、〈ロマン主義、口語自由詩、自然流露的、繊細華麗なレトリック。自己嫌悪と至純なものへのあこがれ。現実と夢の交錯が泡立ち流れる趣。『浮草』では冗語を切り棄て堅固な構造の作品を目指す〉とある。さらに講演総括の書き込み――〈茨城の詩の特徴＝「お才」の筑波山麓の風物。「百姓の足」の田園生活、農作業。「印象」の麦畑。「小さいやすみ」の農作業。土に密着した経験から発想されている。夜雨は土俗性の鄙ぶりへ、雨情は社会的視点へ、暮鳥は宗教的形而上性へ、ゆきは労働と休息のリズムを愛のリズムへと。田畑の拡がる平野での生活が背景。その土臭さ単調さから、省三郎は脱出しようとした〉。

生活の中の詩

星野　現実に生きている場合には、非常に些末なことで振り回されて、ただ忙しいで終わってしまう。果たして人間とはどういうものか、ということを見失いがちになります。敗戦によって、そのショックから、「人間とはなんだろうか」という疑問を持つようになりました。[1] 人間の基本的な生き方、その象徴が過去の神話に表現されているのではないかと感じまして、神話上の人物を題材に取って、その中に人間の生き方、経験の原型のようなものを探ってみたい、という気持ちです。そこから書いているわけです。[2]

――今日、お読みいただく詩もそういう詩ですね。なんでもとても難しい名前なんですが……。

星野　はあ。恐れ入ります。

――「大氣都比賣（おおげつひめ）」[3] と言いますか。

星野　「大氣都比賣」です。はい。

――この人はどんな人なんですか。

星野　『古事記』に出てくる神話上の女神の名前ですが、スサノオに斬り殺されたことによって、その死体から穀物が芽吹いた。これが日本では五穀の起源になっているようでして、五穀の起源の神話として『古事記』に記録されているものです。[4]

――それでは、星野さんがお作りになった「大氣都比賣」、これを星野さん自身の朗読でお聞きいただきたいと思います。

大氣都比賣

スサノオ(5)
あなたはレディ・キラー
腰をひねって一閃
鮮血を噴きながら――
と言いたいのだが
花びら散り敷くしとねに
うっとりと倒れこんだわたしだった
しかしそれから
髪の毛の先
爪先へと
おもむろにひろがっていった
あれは
何の戦慄であったのだろう

スサノオ
あなたはすてきなレディ・キラー
つめたい刃が
わたしのからだを走ってから
乳房は陽あたりのよい二つの丘に
腹部はなだらかに起伏する
みどりの平原に変っていった[6]
こんどあなたが黒駒をはしらせてくるのは
いつのことか
むすうの発芽をかかえて
ほのかに熱をおびてくる
わたしの子宮

スサノオ
あなたはすてきな
すてきなレディ・キラー
二つの丘を
しろいつむじ風のように駆けめぐり
なだらかな平原を

灰いろのこがらしのように駆けぬけていった
まっしぐらにわたしを南の方へと
やがて
しだいに緊まってくる秋の星空のもとで
わたしは死の睡りのための
化粧をする

同じく

わたしを外に押しひらこうとする力が　からだの中にひしめいている　ひしめく力は　むすうの繊い根となり　同じくむすうの繊い茎となって　それらはスサノオ　あなたの肉の残照であるむすうの胚芽から　暗い絶望のように生え　伸び　もつれ　ひしめき　だからスサノオ　あなたがふと取り落した残照の　いつかわたしの中で　絶望のしこりのようになってしまったものを　外に押しひらこうとするのでしょうね　からだじゅうの皮膚がこんなに疼くのは

——さて、今お読みいただいた詩なんですけれども、この中で表現したかったというのは、どういうことなんでしょうか。

星野　そうですね、〈レディ・キラー〉という、非常に通俗的な言葉を使っております。「レディを魅惑する男性」という意味だと思いますけれども。

――「とてももてる男性」ということですね。

星野　ええ、「女殺し」ということなんだと思いますけれども、〈スサノオ〉を〈レディ・キラー〉に見立てて、このセクシュアルな感覚を斬られる女性の立場から表してみたい、それが一つと、それから、もう一つは、〈大氣都比賣〉は穀物の女神ですので、斬り殺されることによって穀物として甦る、そのときの苦痛の感覚といいますか、それを表してみたいと思いました。(7)

――そういう形で表現なさるということは、とても私たちに難しくて、そして詩人というのは、何か一つの高みの世界にあるのではないか、という気がするんですけれども、先生はそういう詩を書く日常性と言いましょうか、そういうものは言葉としては、どういうふうに表現なさっていらっしゃるわけですか。

星野　はい。私のこの詩、一つひとつの言葉を取り出してみますと、難しい言葉はあまり使っていないと思うんです。

――はい。

星野　つまり、日常使われている言葉を組み合わせて、しかも日常の中で、ふとすると見落とされてしまうような感覚とか感じ方ですね。あるいは、ものの見方。それを出してみたいという気持ちです。(8)

――なるほど。それは星野さんの詩を作る姿勢と言いましょうか、そういうものにも関わってくるんだと思うんですけれども。

星野　はい。

――どういう形で言葉を拾い出してくるのか、言葉では一体何を表現したいのか。その辺を今日は少しお話しをしてください。

星野　はい。私、実は語学の教師をしております。英語を教えているわけですけれども、ということは、言葉を相手にしているわけです。一方、こういう詩を書いておりまして、こちらもまた言葉を相手にしております。私自身、言葉の中に生きているわけですけれども、周囲一帯すべて言葉という中で生活しておりますと、一種の言葉アレルギーと申しますか、そういうものに落ち込むんじゃないか、という懸念もございます。

——ええ。

星野 実際、落ち込んでいるんじゃないかと。言葉だらけの中で生活しておりますと、言葉に対して、むしろ感じ取る力が鋭くなるどころか、摩滅してしまいやしないか。そういう不安がございます。そういうところで、私はむしろ言葉のない世界に憧れるところがあります。

——はい。

星野 私の家に小さな庭がございまして、そこで時々木をいじったり、土をいじったりいたします。これは言葉がない、ものと直接関わり合う営みということになりましょうか。直接手で土に触る、木に触る、手でものに触るわけですね。言葉だけを相手にしておりますと、直接手でものに触るということはありえない。言葉は間接的ですから。

——はい。

星野 この間接的な言葉は、生活が複雑になればなるほど、ますます間接的になっていく傾向があると思います。やはりこれでは具合が悪いんじゃないかと、非常な不安に陥ります[9]。

——ええ。

星野 言葉のない世界で、まず手でものに触ってみたい。ものに触るというのはどういうことか。こういう感覚なんだということを、自分で実感として体験してみたい。その体験にもとづいて、ものに触れるような言葉を、ものに触れるような言葉の使い方をしてみたい。そういう気持ちから、詩を書く場合には、ものに直接触れるような言葉、それを一つの狙いとして苦心しております。[10]

――抽象的な言葉で言うと、自然が接触する感じなんですね。

星野 はい。

――最近、風俗として都市化が進んできて、そして芋掘り列車が走ったり、あるいは農園を借りて何かを栽培するということも、一つのそういう自然と接触したいという憧れを満たすことになるんでしょうか。

星野 ええ。私は確かにそうだと思います。人間はどうしても、この自然との交感がなければ、どこか人間の生き方にとって具合の悪い点があるんじゃないか、とやはり思います。大都会の非常に合理化された生活の中に生きている人ほど、自然と接触することがないわけですので、非常に間接的な言葉の中に取り囲まれて生きておりますので、そういうものに対する一種の解毒剤になるんじゃないでしょうか。畑の土を自分の手で耕して芋を掘るとか、粘土を手でこねて轆轤（ろくろ）を回すとかということですね。その場合の自然は、物理的なものではなくて、やはり生きている生命のある自然ですね。

――なるほど。そういうものに直接触れることによって、そこから自分の言葉を作り出してくる。本来それは誰も持っているはずなんですけれども、実は忘れているという面が非常に多いわけですね。

星野 はい。そこにちょっと気づいていただきますと、大都会に生活している人たちが粘土をこねる、芋を掘るというのは、やはり今申しましたような欲求から出ていると思います。その感覚を言葉の上に取り戻していただけたら、それは直接に詩であることになると思います。

――はい。

星野 非常に近いところに詩の世界というのは転がっているわけなんですね。

——ええ。だけど、それが気づかないという、何か檻の中に入ってしまっているという、私たちの生活がありますね、一方で。それがやはり、そういうものから距離を置いて遠ざけてしまうんでしょうか。どうもありがとうございました。

星野　どうも失礼いたしました。

*

——前回のおしまいのところで、言葉というものが、あまりにも私たちの中に氾濫しすぎて、言葉のあり方みたいなものを問題にして終わりにしたんですけれども、言葉というものを今、どういうふうに考えたらいいかということなんですが。

星野　私自身の中には、言葉への信頼と不信と、その二つがあります。言葉への信頼というのは、非常に古くから、どこの民族にもあったろうと思うんです。

——はい。

星野　たとえば一つは、これは『新約聖書』に出てきますが、有名な〈初めに言があった。言は神と共にあった。言は神であった〉という、これは「ヨハネによる福音書」でしたか。それから、日本でもこれに類似した考えがありました。それは折口信夫博士という民俗学を研究した人ですけれども、その説によりますと、古代日本人の信仰というのは、まず神への信仰があった。それから、神が発した言葉への信仰。そういう信仰へと移っていって、そこから短歌の形式が成立した、というような学説を出しているわけです。[11]

——はい。

星野　こういう気持ちが洋の東西を問わず、人間の中に言葉を信じたいという気持ちがあると思うんですけれども、これが言霊（ことだま）信仰というものでしょう。

―― 本来、言葉は信用できるものにしたい、という願望なんでしょうか、それは。できると信じていたわけでしょうか。

星野 ええ。願望が元にあったと思います。科学的技術が発達していなかった時代においては、一種のマジックですね。いわゆる呪術です。それに通じていたと思うんですけれども、言葉によってものを変える、ものを存在させるという、そういう信仰だと思うんです。

―― なるほど。先生のお書きになった「サムソン」[12]という詩がありますので、それを聞かせていただくことにしたいと思います。

サムソン

きみの筋肉　きみの臓器　きみの関節　きみの毛髪　きみの眼球　きみの血液　きみの細胞　きみのわらい　きみの脈搏　きみの湾曲　きみの蠕動　きみの悪寒　きみのしょくよく　きみの尾骶　きみの発汗　きみの屈身　きみのらんでぶー　きみの睡眠　きみの排泄　きみのくつじょく　きみの……をつくったのは　女の子宮ではなかった　まして指令したのは　女の愛なぞではない　一〇〇〇〇〇箇の回路と二〇〇〇〇〇箇のトランジスター　それがきみを組織した子宮であり　きみを操縦する愛であった　古代緑地は　地球の裏がわまでひらけ　アンドロメダ星雲にまでとどいているかに思われた　そこにきみの誤算があった　或る日　きみは琥珀いろの眸の牝獅子を追って　切り立つ形而下の意志の断崖から転落した　一〇〇〇〇〇箇のうちの一箇の回路のハンダが過熱してとけ

二〇〇〇〇〇箇のトランジスターの指令が麻痺してしまった　しかし実はそのときなのだ　もはや鋼でもコンクリートでもないきみの肩　しかし絶望の断崖のように切り立つきみの肩さきに　何かがきてふととまったのは　それはクロツグミの翼のくろい影であったかも知れなかったし　オレンジいろの夕陽のわずかな破片であったかも知れなかった

同じく

地上には陽がふりそそぎ
地下牢には
ぎっしりと絶望が詰まっていた
石臼につながれて
きみが碾いていたのは
昼も夜もなく
ただもう回転しながら碾いていたのは
きみじしんの絶望ではなかったか
ただもう昼も夜もなく碾いていたのは
きみじしんの絶望を
純白の穀粒に変え
化肉の論理の

純白の絶望の味を
いちまいでも多くの舌に
ふれさせるためではなかったか

――今の詩を聞いていますと、本当にそういう意味では言霊と言いましょうか、言葉が非常に具体的に、たとえば〈きみの筋肉　きみの臓器　きみの関節〉というふうに、一つひとつのものを具体的に出していこうという感じが、まずしたんですけれども、その辺はどういうおつもりだったわけですか。

星野　ええ。これはおっしゃるとおり、〈きみの体〉と言わないで、〈きみの筋肉　きみの臓器〉と具体的なものを直接思わせる、また具体的なものを示す言葉を用いたわけです。この点につきましては、実は日本では昔から、〈言霊の幸はふ国〉ということ、それから〈言あげせぬ国〉ということ、二つ言われておりまして、これは言葉に対する表と裏の見方を示していると思うんです[13]。

――ほう。

星野　〈言霊の幸はふ〉、つまり栄える国という考え方が一方にあって、また他方には〈言あげせぬ国〉という考え方があります[14]。

――どういう意味ですか、それは。

星野　私の判断では、〈言霊の幸はふ国〉というのは、どこの民族でも同じことでして、古代においては、どこでも言霊信仰がありました。

――はい。

星野　それに対して〈言あげせぬ国〉というのは、魂に匹敵するような言葉ではなくて、いわゆる道具としての言葉。〈言あげ〉というのは、いわゆる政治的キャンペーン、こういうものになるかと思います[15]。現代の現象に置き換えますと。

——はい。

星野　この〈言あげ〉は、言葉にとっては非常に危険だということが、〈言あげせぬ国〉という言い方に含まれているんじゃないか。

——なるほど。そうすると、〈言あげ〉しないことが本来いい。ところが現在、〈言あげ〉することが、あまりにも多いということですか。

星野　はい。言葉は伝達の道具ですから、やむを得ない面もあるんですけれども、その危険性を〈言あげせぬ〉ということに含めていいんじゃないかしら。人間の道具としての言葉が、あまりにも氾濫することの危険性ですね。いわゆる〈言霊〉としての言葉から離れて、つまり言葉が実質的な経験から離れて概念化するということになりましょうか。

——頭の中で作られた、たとえばキャッチフレーズみたいなものですね。

星野　そうですね。マスメディアの言葉というのは、概ねこういう概念化された言葉じゃないかと言えると思いますが、これはこれでやむを得ない面もあるとは思います。最大公約数的な経験を言葉で伝達する上には、どうしても概念化されざるを得なくなるわけです。

——なるほど。

星野　同時に、そこから直接の経験が脱落してしまう。どのように大きな事件をマスメディアで流しても、そのときは「あっ」と思いますけれども、翌日になりますと忘れられてしまうのは、こういう点からではないかと思います。

――そういうことは、とても恐ろしいことですね。

星野　と、思います。

――私たちがこれまで作ってきた近代的な文明と言いましょうか、そういう中で概念とか理論とかいうものが、近代社会の中では特に近代文明として進行してきてしまった。人間が話している言葉が、どちらかというと信頼されなくて、テレビから、あるいはラジオから出てくる機械的な言葉が信頼されるようになってくる。それが日常になっているだけに余計困ってしまう。

星野　そう思います。私自身、こういう概念化された言葉の中に生きているわけで、これではいけないんじゃないかと思いながら、直接には一挙にどうすることもできない。言葉はまた別の言い方からしますと、個人的経験がぎっしり詰まった言葉と、そういう経験をすっかり脱ぎ捨てた言葉と二つ、両極端にあると思うんです。後者が概念化された言葉ということになりましょうか。マスメディアの言葉ですね。

――なるほど。

星野　個人的経験がぎっしり詰まった言葉は、これは伝達……、

――が、不可能かもしれない。

星野　不可能でしょうね。

――そうですね。その両極端の中で言葉を考えるときに、少なくとも言葉が信頼に足る言葉であるとすると、どんな言葉を詩人としてはお使いになるわけですか。

星野　私自身、詩を書く上で考えておりますことは、基本的には、この単純なマスメディアの言葉と同じ言葉を使いたい。つまり、個人的経験を脱色した言葉ですね。ただ、マスメディアの言葉と、そういう点では同じですけれども、ちょっと違うところは、観念とかにするのではなくて、具体的なもの、単純なもの

を指し示す言葉を選び出して、それを組み合わせていく。

――はい。

星野 組み合わせていきながら、マスメディアの言葉では表現しきれない個人的経験を盛り込もう、そうすることによって、私自身の個人的な経験、つまり考えとか思想とかいうものを伝達できるんじゃないかと。そういう可能性への、これも私の願いですけれども。

――はい。

星野 先ほどの「サムソン」もそういうことで、〈体〉と言わずに〈きみの筋肉　きみの臓器〉という具体的な言葉を積み上げて、その総和が人間以上のもの、超人間的な、たとえば文明とか、それの危機とかいうことを、もしできれば表現してみたい。もちろん、グレートマジンガーとかマジンガーZとか、子ども向けのテレビ番組の連想をここに重ねて。

――なるほど。

星野 多少、そういう点で面白さが出ればということも考えております。

――まさに〈トランジスター〉が出てきたり、いろんな〈回路〉が出てきたり、一つのハンドルでもって〈サムソン〉が、今度は全然立場が違ってしまうのは、そういうことなんでしょうね。

星野 はい。

――どうもありがとうございました。

星野 どうも失礼いたしました。

――「生活の中の詩」、第二回は「私の詩と言葉」。詩人の星野徹さんでございました。

＊

――「詩は自然の中から生まれる」です。詩人の星野徹さんにお話を伺います。星野さんは水戸にお住みなんですけれども、東京などはよく行かれますか。

星野 もっと若いときには、ずいぶん出かけたことはあるんですけれども、四十前後からだんだん足が遠のいてきました。と言いますのは、東京に出て、非常に私は疲れるんです。

――ええ。

星野 いろいろ考えてみたんですけれども、これはリズムが、すべて人工的なリズムでできているから疲れるんじゃないか、というふうに私自身は思うわけです。

――そうですね。たとえば電車に乗っても、ドアは電車の方から開いてしまう。あるいは階段を登っても、後ろから押されるように登ってしまう。自分で自由に登れるリズムではない。機械的なリズムですね、そういう意味で。

星野 まあ、そういうところで。この人間の持っているリズムというのは、やはり自然のリズムだと思うんです。

――はい。

星野 昼と夜の交代のリズム、四季の変化のリズム、あるいは人間の体の中の血液の循環のリズム。これも全て自然のリズムだと思うんです。(16)

――なるほど。

星野 人間も自然から発生して発達してきたものですから、これがすべて人工の機械のリズムに置き換えられると、人間は果たして生存できるかしら、もしできたとしても、どこか非常に具合の悪い面が出てきやしないかと思います。

――そういう意味で、人間が旅をするということは、今自分が住んでいるところから別なところへ行ってみたい、そういうこともあるんでしょうけれど、自分の失いかけたリズムを取り戻したい、という意味も含められるかもしれません。

星野 ええ、そうだと思いますね。芭蕉などは、やはりその典型じゃないかと思います。

――その「芭蕉2」[17]の詩を聞いてみることにいたしましょう。

芭蕉2

行くさきざきで虫送りの祭がおこなわれていた　藁人形を先に立て　松明をかざし　太鼓を叩いたりなどして　サネモリどのはよろずの虫を引き連れてお通りなされ　お通りなされ　なされ　なされなされ　暗い水のおもてに鼻先から散る松明の火の粉　頭がつかえるほどの暗い空に底ごもりひびく太鼓の音　なされ　なされ　なされ　なされ　彼は行くさきざきで　竜の舌先のように散る暗い火の粉をくぐり　竜の咽喉の奥でのように底ごもりひびく太鼓の音をくぐり　なされ　なされ　お通りなされをくぐり抜け　いつか　彼自身がよろずのサの虫を引き連れて旅ゆく想いがしていた　サネモリどのは　なされ　なされ　なされ　なされの唱明に送られながら　いつか　巨大な竜の腹中にあって　無明の闇のあてなくかぎりない旅を続けてゆく想いがしていた　ときに元禄二年七月二五日　台風をさきぶれる初秋の夜風は頬になまあたたかく　雨気を含んで血の匂いを彼に覚えさせた　唱明は

もうきこえない　松明は消えた

むざんやな冑の下のきりぎりす

——〈芭蕉〉という言葉は、一言も詩の中に出てこなくて〈サネモリ〉、これは……。

星野　斎藤実盛の〈サネモリ〉です。

——なるほど。この〈なされ　なされ　なされ　お通りなされ〉という言葉が何回も繰り返されて、リズムを刻んでいくと言いましょうか、そういう中で、この詩は、どういう情景を思い浮かべればいいんですか。

星野　これはですね、髪を黒く染めて戦って討ち死にした実盛が稲の害虫に変じたという、こういう民間伝承があるわけです。

——ええ。

星野　この虫送りという祭りが、農村では毎年あるわけですけれども、私の子どものときに、まだございました。そういう現場を、芭蕉が旅の途中で通り抜けていく。自分が時には実盛の亡霊と一体になって、稲の害虫をぞろぞろ引き連れて旅をしていく。そういう場面を想像して書いてみたわけです。一種のマジック。いわゆる呪術、つまりオカルトですね。この虫送りも一種のオカルトの世界なんですけれども、そこを歩くことによって、自然と芭蕉との調和の感覚を、この作品の上で実現してみたい。芭蕉もそういうつもりで旅をしたんじゃないかと、私はそう考えるわけです[18]。

——たとえば、今おっしゃったオカルトとか、あるいは霊媒とか、人間が何かそういうもので自然との交感ができると言いましょうか。人間が生きていく上で、その道具と言いますと語弊があるかもしれませんが、手段として使っていくことが、世の中が揺れ動いて不安定な状況になったときには、必ず出てくる問題としてありますね。

星野 はい。

――鎌倉時代の宗教などを見ると、よくそんな感じがするんですけれども。

星野 確かにそのとおりでして、一昨年あたりから、またオカルト流行が出てきましたけれども[19]、地方の田舎に住んでいる人間には、別にそれほどではないんです。この流行の源泉は大都会だと思うんです。そういうところに住んでいる人たちから、何かのショックで、再び自然と人間との調和の感覚を取り戻したい、という願望が出てきたんじゃないかと思います。

――はい。

星野 オカルトと言いますと、非常に西洋的な感じがしますが、これは決して西洋的なものばかりではなくて、たとえば超特級のお酒には金粉を入れてあるんだそうで、私はこういう上等なお酒は飲んだことがありませんけれども、金粉を入れてあるのは、一種の錬金術から尾を引く思想です。と言いますのは、金があらゆる物質のうちで最も調和のとれた安定した存在で、人間も不老長寿を願う場合には、このような金を体内に吸収することが必要であると。これは明らかに自然と人間との調和の感覚ですね。そこから出発していると思うんです。

――というと、自然を単にものという形で見ているんではないわけですね。

星野 はい。

――私たちはもう今や、石炭とか石油とか鉄だとか、そういう形でしか自然を見ていないと思います。

星野 このような自然は霊的存在でして、自然というのは物理的な意味と、人間の持っている心理的な意味と両方が合わさってできたのが、これまでの自然じゃないかと思うんですけれども、ところが、その物理的自然だけが拡大されて、文明を発達させる基盤にされてしまったわけなんですね。これでは人間と自然との調和の感覚は失われますので、これは非常に危険なことだろうと、私は思うんです。

——よく一木一草に魂宿るとか、神宿るとか申しますね。

星野　はい。

——たとえば人間が、公害というものを作り出してしまった。それは逆に言うと、その一木一草に宿っていた魂が、人間に対する復讐を行ったんだということを、何かの本で読んだことがあるんですけど、そういう考え方は、とても面白いというか、われわれに「はっ」とさせるような考え方だと思うんですね。

星野　はい。

——なおかつそういう形で、東京ではなくて水戸で、星野先生はお書きになる。

星野　ええ。

——そうすると、今おっしゃった自然の中から言葉を見つけ出して、そして自然のリズムの中で詩を書くということと、どういう結びつきがありますか。

星野　詩を書く人間が全部そうだとは思いませんけれども、私の場合は、私自身の自然との調和の感覚が得られるところに生きておりまして、その自然との接触から……、たとえば化学の言葉で、〈発生期の酸素〉[20]という言い方がありますね。

——はい。

星野　発生したばかりの酸素は非常に力が強い。この接触を通じて、〈発生期の酸素〉のような言葉を自分では発想したい、それを用いて詩を書きたい、あるいは詩を書くことによって、〈発生期の酸素〉のような言葉を取り戻したい。そういう願いがありますので、東京に住んでいては、これはとても可能性がないと思います。私はこの水戸、水戸でも郊外にあたりましょうか、そういうところに住んで、詩を書いていきたいという気持ちです。[21]

――芭蕉が〈おくのほそ道〉をたどったのも、そういう意味合いがあったとお考えですか。

星野 ええ。私はそう思うんです。芭蕉の時代でさえ、当時の人間の社会では、自然との調和の感覚が既に崩れてきていた。ですから芭蕉は、人間の社会を〈幻のちまた〉と呼んでおります。幻じゃない本当の世界を、また別のところに考えていたと思うんです。〈幻のちまた〉に別れを告げて旅に出るということを、『おくのほそ道』の始めの方に書いてありますけれども。[22] そうしますと、芭蕉の時代でさえ、人は自然との接触、自然との調和の感覚はつかめなかったと思います。それをつかむために旅に行って、自然との調和の世界が、彼にとっては本物の世界、幻ではない実在の世界、そう考えたんじゃないだろうか。はっきり言っておりませんけれども、そう私は思うんです。

――そういう意味で、自然と人間との調和を目指した代表的な詩人ということになりますかね。

星野 はい。

――ですから、ああいう形で多くの俳句を作ることができた。

星野 はい、そう思います。

――どうもありがとうございました。

星野 失礼しました。

――「生活の中の詩」、その三回目は「詩は自然の中から生まれる」。三回にわたってお送りしましたが、今回が最終回でございます。お話は詩人の星野徹さんでございました。

（一九七五年五月八日、五月十五日、六月十二日、NHK-FM「茨城の広場」）

（1）星野は詩を書き始めた理由に、戦争によって引き裂かれた人生を前にしたときの心の空洞を埋める〈補償作用〉をあげているが（「思い出すレコードなど」）、その始まりにある虚無感／鬱の感情は、T・S・エリオットの〈ペシミズム〉と同質のものであった（「ペシミズムの克服」）。エリオットの詩の基本思想――〈ペシミズム〉の胚胎と、その主知的な〈克服〉――への共感が星野をエリオットに接近させたとすれば、その接近によって、星野もまた自身の〈ペシミズムの克服〉を詩作の主調とすることを意識したと考えられる。

（2）「神話追放と神話復活」で星野は、〈文明の過度に複雑化した諸機構の中にあって自己の方位を見失っているのが現代人の姿であるとすれば、経験の原型の象徴的表現であった神話の中に、方位決定のための重要な手掛りが見出される可能性がある〉と、〈方位決定〉という世界認識の形成に寄与する〈神話〉の意義を強調する。また「詩と神話」では、「荒地」グループ以後の日本の現代詩が取りうる詩的方位のひとつとして、〈詩と神話との関係を意識的自覚的に深めるという方向〉があると指摘する。

（3）「大氣都比賣」『方舟』十一号初出。〈大氣都比賣〉をモチーフとした作品は、ほかに「祭」と「待春」があり、ともに『偕楽園の四季』（一九九三）初出。両詩を組み合わせた「祭」としての初出は『瀞』九十一号。

（4）『古事記』の記述――〈大気都比売、鼻・口と尻とより種々の味物を取り出だして、種々に作り具へて進る時に、速須佐之男命、其の態を立ち伺ひ、穢汚して奉進ると為ひて、乃ち其の大宜津比売神を殺しき〉。

（5）スサノオ（須佐之男）は、星野の詩論・実作において重要なモチーフのひとつ。作品では「スサノオ」。詩論では「須佐之男の祝婚歌」。

（6）〈乳房〉を〈二つの丘〉、〈腹部〉を〈平原〉というように、身体を地勢的にカタログ化して表現する例は、たとえばアンドルー・マーヴェルの「羞しがる彼の恋人へ」"To His Coy Mistress"だが、セクシャルな含意を伴う点では、ここでの表現はむしろ、ジョン・ダンの「寝にくる彼の恋人に」"To His Mistress Going to Bed"に触発されたと考えられる――〈ぼくのさまよう手を許しなさい、行きたいところへ、／うしろへ、前へ、あいだへ、下へと。／おお、ぼくのアメリカ、はじめて見つけたぼくの大陸、／ひとりの男しか住まぬとすれば、安全この上ないぼくの王国、／ダイヤがねむるぼくの鉱脈、ぼくの帝国、／こうしておまえを発見してぼくは何たる仕合せものか。／この契りを結ぶことでこそ自由になる道だとすれば、／この手で署名してあげよう、それが封印することになる。〉

（7）〈大氣都比賣／オオゲツヒメ〉について、「豊饒の女神」には、〈穀物神であると同時に穀物を生成する大地の擬人格であったろうと思われる。つまり大地に鍬を入れて開墾することは、大地の霊に死の犠牲を強いることであり、その大地の死を通して五穀が生成することは、五穀の形を取って大地が復活することであると考えられたのではなかろうか〉との注釈がある。〈わたしの中〉の〈絶望のしこり〉を〈外に押しひらこうとする〉という、星野にとって〈ペシミズムの克服〉としての詩作の意義を感知させる「同じく」に、この〈五穀〉を産む〈大地〉の〈死〉と〈復活〉のドラマを重ねて読めば、土に密着した地方で詩を書くことの可能性、その土俗性と結びついた詩の〈豊饒〉性への期待が浮かび上がる（「詩を書く根拠を問う行為＊「白亜紀」の場合」、「近代の超克」、「詩の土壌豊かな茨城」）。また、それを具体化する〈女神／詩神〉としての〈大氣都比賣〉という認識についても。

（8）ワーズワースは、詩を書くときに、伝統的に定式化した〈詩語〉poetic dictionやイメジャリーによらず、日常生活から題材を選び、人びとが日常的に普通に話す言葉で行うことを『抒情歌謡集』で主張した。〈言葉〉の〈組み合わせ〉について、星野は〈原体験〉とのかかわりから、次のように述べる――〈詩は、もっともすぐれた言葉のもっともすぐれた結合でなければならない。そして、なおかつ、そのような言葉の結合が、つまり、結合の仕方、形式から生じるシンボリズムが、もっともプリミティブな体験のパターンを抱えこむとき、つまりそのパターンを再生産しえたとき、言語の形式美は格段と時空の奥行きを増すに違いない〉(「ひとつぶの麦」)。あるいは、〈詩を構成する言葉の一つ一つは、その単語、その名称の意識内容を当然ふまえねばならないし、かつ最も深い部分の意識内容をも表象できるように構成しなければならない〉(「火の繭」)。

(9)〈人間はシンボルを、つまり象徴をつくり、象徴によって生きる。象徴は象徴を生み、その無限級数的な連鎖反応はやがて一つの体系をつくりあげる。むろん象徴の体系である。象徴の体系、それは概念の体系と言いかえてもよい。この象徴の、概念の体系、それがつまり人間の文明である。体系の、文明の頂点が高くなればなるほど、逆に人間は物そのものから遠ざかる〉(「原型的イメジ」)。ここには、高度の象徴/概念化の結果が〈人間の文明〉であっても、それは高度な抽象化に反比例して、〈物〉との触知可能な関係を失うことでもあり、その過程が極点に達すれば、〈文明〉崩壊の危機に直面するとの認識がある。そのうえで〈文明〉の危機に対峙して生きる〈詩人〉の自覚が、右の一節に続いて示される——〈現代において、物を把握しなおし、人間と物との関係を把握しなおすことは、特に詩人に課せられた苦痛な使命であると思われる〉。

(10)〈言葉〉による〈物〉の把握については、同じく「原型的イメジ」の中で、〈一次的な象徴、一次的な概念としてつかみなおすこと〉と説明され、さらに〈一次的な象徴/概念〉は、〈人間の意識と物との関係の、つまり言葉という象徴の機能、つまりイメジの原型〉、〈人間の経験の原型、原体験〉と敷衍され、したがって、〈物の再把握とは、イメジの原型、原体験をつかみなおすということ〉と結論づけられる。この思考の流れは、星野が〈神話〉、〈原型〉、〈原体験〉を鍵語に詩的実践を展開するうえでの、いわば理論的支柱のひとつと見ることもできるが、この困難な課題を実現していると星野に映った稀有な詩人が、T・S・エリオットと同世代のイーディス・シットウェル（一八八七－一九六四）であった。星野のシットウェル評価は、訳編『イーディス・シットウェル詩集』をはじめ、「イーディス・シットウェル讃」、「「アン・ブリンの歌」の周辺」、「イーディス・シットウェル覚書」を参照。

(11) 〈呪言・敍事詩の詞の部分の獨立したものがうたであると共に、ことわざでもあつた。さうした傾向を作つたのは、呪言・敍事詩の詞が、詞章全體の精粋であり、代表的に効果を現すものと信じて、抜き出して唱へるやうになつた信仰の變化である。だから、うたの最初の姿は、神の眞言（呪）として信仰せられた事である。此が次第に約つて行つて、神人問答の唱和相聞（カケアヒ）の短詩形を固定させて來た。久しい年月は、歌垣（ニハ）の場を中心にして、さうした短いうたを育てた。旋頭歌を意識に上らせ、更に新しくは、長歌の末段の五句の、獨立傾向のあつたのを併せて、短歌を成立させた〉（折口信夫「國文學の發生（第四稿）」『折口信夫全集』第一巻（中央公論社、一九七五））。

(12) 『白亜紀』四号には目次のカットに代えて、キャスリン・レイン「サムソン」が訳出されている――〈出口をおさがし　さあ　盲目のサムソン　その指で／掛金をさぐり　扉をひらいて／空を導き入れるのです　その虚ろな眼窩で／暗黒の寺院を　太陽に向ってひらくのです〉。星野にとってのレインは、詩論構築を支える具体例であるばかりでなく、詩想を開く契機ともなった。〈太陽に向ってひらく〉は、第一詩集巻頭におかれた「樹」のように、初期の詩に散見される樹木のイメジに重なる。

(13) 〈「さきはふ」は、日本古代靈魂觀の中心をなしたもので、「たま」だけでは意味がなく、靈魂として當然の威力の發揮することを「さきはふ」といふ。「さきはふ」・「さきはひ」といふことは、靈魂としての機能を發揮することである。咒詞によつて幸福な威力が發揮せられ、それによつて結果を享けるところから出た詞である〉（折口信夫「言靈信仰」『折口信夫全集』第二十巻（中央公論社、一九七六））。

(14)〈ことだまは言語精靈といふよりは寧、神託の文章に潜む精靈である〉、〈言靈(コトダマ)のさきはふと言ふのは、其活動が對象物に向けて、不思議な力を發揮することである。辻占の古い形に「言靈のさきはふ道の八衢」など丶言うて居るのは、道行く人の無意識に言ひ捨てる語に神慮を感じ、其暗示を以て神文の精靈の力とするのである。要するに、神語の呪力と豫告力とを言ふ語であるらしい〉(折口信夫「國文學の發生(第三稿)」『折口信夫全集』第一巻)。

(15)〈ことあげはことゞあげの音脱らしく、對抗者の種姓を暴露して、屈服させる呪言の發言法であった〉(折口信夫「國文學の發生(第四稿)」)。

(16)〈私たちが知覚する日常の時間は、脈搏や呼吸や心臓の鼓動による生の、つまり死の意識のリズムとして進行する時間であり、また地球の自転と公転に伴うところの昼夜の区別や四季の変化の反復として感じられる時間である〉(「詩と科学的風土」)。〈窓の外は広濶な芝生の起伏　起伏にはしろい陽射　陽射を浴びて三人の少女——このリズミカルな嘱目は安堵を与える　なぜなら世界はリズムで構成されているのだから〉(「風景」)。

(17)「芭蕉2」は、『白亜紀』三十七号に「芭蕉Ⅲ」として初出。

(18)〈日本列島が四季の変化に恵まれているところから、日本人ほど豊かな季節感を備えた民族は例がないかもしれない。季節感は美意識となり、美意識はこんどは逆に、季節の推移をいち早く感得させる。推移の感覚はそのまま直ちに、〈もののあわれ〉という興趣、つまり詩趣を体感することにつながるからだ〉というように(「宇宙論的な季節感」、「いはらき」一九九一年八月九日)、「いはらき詩壇」の選評には、季節とのかかわりからのコメントが少なくない——「春の思想を表現」(一九九〇年五月四日)、「低迷から脱出の秋」(一九九〇年十月二十六日)、「思念を深める冬」(一九九一年十二月十三日)、「凝縮の季節らしい秀作」(一九九三年一月二十九日)。詩人は〈宇宙論的な季節感〉を不可避的に感知させる〈自然のリズム〉に支配されているという、これらの発言は、星野自身の詩人としての生理的感覚から引き出されたものと考えられる。

(19)〈最近のオカルト流行の現象は、異端視されながら民衆の前合理的な感情の中に棲みついてきたそれが、自然の中立化の昂進、社会不安の昂進という外的条件に触発されて再び息を吹きかえしたものとも見られるだろう。が、そうであったとしても、このオカルト復活が、詩と、それもいっそう限定されて現代詩とどうかかわり合うのかということになると、これは単純には結論の出そうにない問題である〉としながらも、〈良質の部分が個人の営みとして書かれ読まれている〉〈現代詩〉から考えると、〈詩は、あくまでも個人にとっての、オカルト、密儀の心理的等価物として見る以外にない〉と結ばれる(「密儀としての詩」)。〈近頃踵を接してあらわれるオカルト的な終末論　そんなものを信じる気にはなれない　なれないからこそささやかな抵抗として　園丁の真似ごとにせめても終始するのが日課となったのだ〉(「楽園」)。

(20)教科書的な説明では、オゾンが分解するときに、強い酸化力をもつ酸素が発生すると考えられ、この酸素を〈発生期の酸素〉という。

(21)〈わたしたちの詩作行為の立脚点はこの土地以外にないのであり、ここに足を踏まえながら、しかも普遍を目指すとき、はじめて本物の詩が成立する。その意味では詩は、あらゆる芸術の内で最もローカリティの濃いものである〉(「詩作行為の立脚点」、「いはらき」一九九〇年三月二日)、〈文学、特に詩はその地域の風土と言語の特質に、つまり局地性に密着した面を持っている。その特質、局地性から切り離されるとき詩は必ず枯れる〉(「呪歌としての短歌をこそ」)。

(22)〈弥生も末の七日、明ぼのゝ空朧々として、月は在明にて光おさまれる物から、不二の峰幽にみえて、上野・谷中の花の梢、又いつかはと心ぼそし。むつましきかぎりは宵よりつどひて、舟に乗て送る。千じゆと伝所にて船をあがれば、前途三千里のおもひ胸にふさがりて、幻のちまたに離別の泪をそゝく〉

形而上詩と創作

ご紹介にあずかりました星野徹でございます。新井先生[1]、すっかり私の旧悪をご承知で、身のすくむような思いでおりました。この大学図書館は、西脇順三郎先生[2]がかつて図書館長をなさっていらしたことを何かで読んだことがあります。福田陸太郎先生[3]も図書館長をなさっていらしたそうで、私が遠くから敬服申し上げていました両先生が、この大学の建物に非常にゆかりがございまして、こういうところで話をする機会を与えていただきましたことを、たいへん光栄に思っております。それと同時に、テーマが「形而上詩と創作」ですので、私は自分の作品に触れなければならないことになりまして、自分の作品に触れるということは、作者としまして非常に気恥ずかしい、気おくれがする、さらに、おこがましいような気がいたします。何か両極端な感情の、アンビヴァレンス[4]に落ち込んでしまったような思いで、実は今日うかがった次第です。お聞き苦しいところがずいぶん出てくると思いますけれども、あらかじめお詫び申し上げます。

「形而上詩と創作」というテーマですが、これを限定いたしまして、私が意識的に、どういうものをイギリスの形而上詩[5]から、ダンとかハーバートとか、あるいはマーヴェルから取り入れようとしたかということと、自分では意識していなくて、思いがけない影響を受けていたのかもしれないということ、その二つについてお話ししてみたいと思います。[6]

＊

はじめは、意識的に何かを取り入れようとした面についてですが、ここに「ダン博士」[7]という詩をコピーしてあります。私の二冊目の詩集『花鳥』というのがございまして、昭和四十九年に出ていますが、それに収めてあります。書きましたのは昭和四十九年より三、四年前だったかと記憶しています。ちょうど大学紛争の一番激しかった頃に書いたのではないかと覚えております。これは〈ダン博士〉について私が書くという書き方ではございません。〈ダン博士〉という〈ペルソナ〉を設定しまして、つまりロバート・ブラウニングの方法を踏襲しました。〈ダン博士〉という〈ペルソナ〉を設定して、ダンの口を通して詩が語られる。そういう形で書いてみたいと思って試みたものです[8]。

この方法は、実は意外に早く、日本の詩人が使っています。日本近代詩の幕を切って落としたといわれる島崎藤村の『若菜集』という詩集があります。その『若菜集』に、この方法がすでに使われています。『若菜集』を開きますと、女性の名前を表題に掲げた作品がたくさんございます。「おえふ」、「おつた」、「おきく」、「おくめ」、その他の人名が題になっています。これは、「おつた」なら〈おつた〉という〈ペルソナ〉を設定して、〈おつた〉の口を通して恋愛感情を語らせているわけです。私の見当では、ブラウニングの方法を用いたのではないかと感じています[9]。ですから「ダン博士」は、すでに藤村が使った、もとはブラウニングの方法で書きました。

内容的には、ダンからずいぶん取り入れています。作品の十行目をご覧いただきますと、〈略奪された街が放火をまぬがれるとき〉と出てまいります。〈略奪された街〉というのが、ダンの「ホーリー・ソネット十番」に出てきます。ソネットの五行目 "like an usurpt towne" 〈簒奪された都市さながら〉、これをそのまま取り入れてございます。〈ホーリー・ソネット〉[10]といいますのは、一六三三年版の『ジョン・ダン詩集』[11]に出ておりますソネット群で、これはガードナー版[12]からコピーしています。

10

Batter my heart, three person'd God; for, you
As yet but knocke, breathe, shine, and seeke to mend;
That I may rise, and stand, o'erthrow mee, 'and bend
Your force, to breake, blowe, burn and make me new.
I, like an usurpt towne, to'another due,
Labour to'admit you, but Oh, to no end,
Reason your viceroy in mee, mee should defend,
But is captiv'd, and proves weake or untrue,
Yet dearely'I love you, and would be lov'd faine,
But am betroth'd unto your enemie,
Divorce mee, 'untie, or breake that knot againe,
Take mee to you, imprison mee, for I
Except you'enthrall mee, never shall be free,
Nor ever chast, except you ravish mee.（14）

末尾に〈14〉と記されていますね。これは一六三三年版のソネットと、一六三五年版の『ジョン・ダン詩集』に出ている別のソネットを合わせた通し番号が〈14〉ということで、これはグリアソン版[13]による通し番号です。〈放火をまぬがれる〉と出てきますが、これもソネットの四行目を見ていただきますと、"Your force, to breake, blowe, burn and make me new"〈力を傾けて砕き、吹き飛ばし、焼き、わたしを新しく甦らせて下さい〉とあります。この"burn"ですね。これをちょっと変えて入れました[14]。私の作品ですと十六行目、十七行目、ちょうど真ん中あたりですが、〈主よ／あなたに犯されなければ／わたしは自由にはなれない〉。ガードナーのソネットの最後の二行を見ていただきたいと思います。その上から続いていますが、"I / Except you'enthrall mee, never shall be free, / Nor ever chast, except you ravish mee"〈わたしは／あなたの奴隷にならなければ、決して自由になれませんし、／あなたに犯されなければ、決して純潔にもなれないのですから〉。この"never shall be free"と、後の"except you ravish mee"を取ってつないで、こういうふうに日本語に置き換えて入れました。

その他のダンの作品からも言葉が入っています。それは、〈略奪された街が放火をまぬがれるとき／それは決定的な封印を忘れられたようなもの〉。〈封印[15]〉もよくダンに出てきます。たとえば、「寝にくる彼の恋人に」というエレジー[16]がございます。あの中に、"Then where my hand is set my seal shall be"〈この手で署名してあげよう、それが封印することになる〉と出てきますし、また『唄とソネット[17]』には「聖遺物」という作品がありまして、その中にやはり、"Our hands ne'r toucht the seals"〈ぼくらの手があの封印に触れることもなかった〉と出てきます。〈封印〉は、ダンのどの作品かということではなくて、何となくすっと出てきてしまったということだったと思います。

その二行ほど後、十三行目から〈あの柘榴石の／血のほのほ立つ柱を／いつまでかくしておられるのですか／主よ〉とありますが、〈ほのほ立つ柱〉も実は多少意識して入れたのではなかったかと思います。“fiery pillar”というフレーズです。ガードナーの『聖なる詩』という校訂本があります。[18]あの中で「機会詩」[19]と分類される作品があります。宗教的なテーマをヒロイック・カプレットで綴った作品です。その一篇に「受胎告知祭と受苦の金曜日とが同一日に符合したことについて――一六〇八年」[20]があり、こういうふうに出てまいります。“His Spirit, as his fiery Pillar doth / Leade, and his Church, as cloud; to one end both”〈彼の霊は炎立つ柱となって、また彼の教会は雲となって、一つの目的に至る〉。「出エジプト記」を踏まえているようですが、「出エジプト記」では“a pillar”を“fire”とありまして、[21]私の〈ほのほ立つ柱〉はそちらではなくて、ダンの“fiery Pillar”から取り入れました。

もう一か所、最後に〈ヨーロッパの／鐘のようにはとても／ひびかぬ言葉〉と出てまいります。〈ヨーロッパの鐘〉は、有名な『重病の床からの祈禱』[22]でしょうか、ヘミングウェイが小説の題に取り入れています。〈誰がために鐘は鳴る〉のセンテンスが出てくる部分です。日本語に置き換えて読んでみます。

いかなる人もそれ自体で完全な島ではない。誰でも大陸の一片であり、本土の一部分である。もし、ひとつの土塊が海によって洗い流されたなら、ヨーロッパはそれだけ小さくなる。ひとつの岬が洗い流されたのと同じように。私の友人の、あるいはあなた自身の領地が洗い流されたのと同じように。誰の死でも、私の寿命を縮める。なぜなら、私は人類の一部分であるから。だから、けして人を遣ってたずねてはならない。あの鐘は誰のために鳴っているのか。それは、あなたのために鳴っているのだ。

ここに〈鐘〉が出てまいります。また〈ひとつの土塊が海によって洗い流されたなら、ヨーロッパはそれだけ小さくなる〉。それをつないで、〈ヨーロッパの／鐘のようにはとても／ひびかぬ言葉〉、このように書きました。

しかし念頭にありましたのは「ホーリー・ソネット十番」でして、このソネットは書き出しから衝撃的です。[23]“Batter my heart, three person'd God”〈この心臓を衝き崩して下さい、三位にいます神よ〉と始まり、〈心臓〉[24]、まるでこれは堅固な城塞のようですね。その後に〈三位にいます神〉と出てきます。〈心臓〉ときて、〈三位にいます神〉と出てくるところが私にはまた衝撃的です。私の偏った感じ方かと思うのですが、そういう受け取り方はおかしい、とみなさんにお叱りを受けるだろうと思うのですが、心臓は角が丸くなった三角形をしております。それも逆三角形。〈三位にいます神〉というのは、三つの頂点がある図形のようです。つまり三角形のようです。ダンは、そこまで意識して書いたのではないと思いますけれど。

もっとも日本の近代詩人で、〈三位にいます神〉から三角形を思い浮かべた人がいるようです。それは山村暮鳥です。山村暮鳥は三位一体説のニュアンスを込めて詩集を出しました。その題は『聖三稜玻璃』と申します。〈三稜〉は「三つの角がある」。〈玻璃〉は「ガラス」、「プリズム」です。ジョルジュ・プーレ[25]の『円環の変貌』には、たしか『薔薇物語』から、〈三角形の円〉と〈丸い三角形〉を引用してあったように覚えています。聖徒的な受け取り方としてはそうなんでしょうけれど、そういうところからも非常に衝撃を受けます。

そして最後の三行に至って絶頂に達するわけです。“Take mee to you, imprison mee, for I / Except you'enthrall mee, never shall be free, / Nor ever chast, except you ravish mee.”〈わたしをみもとに引き寄せ、わたしを幽閉して下さい、わたしは／あなたの奴隷にならなければ、決して自由になれませんし、／あなたに犯されなければ、決して純潔にもなれないのですから〉。読み返すたびに圧倒されるような感じがします。

「ダン博士」を書いた当時、このダンのソネットから、どれほど神に祈って訴えても、神の口説きは自分に到来しない、祈りの信仰の不毛の意識のようなものを絶望的に訴えている、という印象を私は受けました。ちょうど学園紛争の激しいときです。その対応策を練る教授会とか、つまらない話になってしまいますけれど、何とかの委員会とかで振り回されて、ただ疲れるだけ。教授会をやっていると、棒を持った過激派の学生に押し込まれる。毎日が本当に不毛の状態でした。[26] そういう私の日常性が、そういう受け取り方に重なったようで、「ダン博士」は、ダンという〈ペルソナ〉を設定し、ダンにおける詩の創作の不毛の意識というふうに変えました。私自身がそういう状態にあったものですから。ダンに対して本当に申し訳ないのですが、こういうものを書きました。[27] 現在の私はこんな恥ずかしい詩は書かないと思っていますので、お許しいただきたい。

ダン博士

わたしは産んでしまった
産んでしまったのです　またしても
あなたの
生麵麭よりもやわらかくて
野のロバの蹄よりも強靱な
蝗の翅よりもかるくて[28]

銀三〇枚よりもかがやかしい
つばさのある
子を産むはずだったのに
略奪された街が放火をまぬがれるとき
それは決定的な封印を忘れられたようなもの
あの柘榴石の
血のほのほ立つ柱を
いつまでかくしておられるのですか
主よ
あなたに犯されなければ
わたしは自由にはなれない
ちかってアキヒロ・マルヤマのような
女形ではないわたし
ちかって五月の灌木を駆けぬける
縞馬よりもあつい子宮のわたし
ちかって主よ
昨夜あなたを尾行していたのは
マフィヤのガンマン
それともマントヒヒまがいの

女忍者だったかもしれぬ
ふたたび流されるかもしれぬあなたの血を
砂の唇に吸わせてしまう前に
一滴を
わたしの脇腹の皹われた唇に主よ
産めないわたしが産んでしまったことで
やはり産めなかったことを証しする苦しみ
しんじつ今朝のあつい祈りの末に
産んでしまったのです　またしても
あなたの腿のつけねのヨーロッパの
鐘のようにはとても
ひびかぬ言葉
石を

＊

その次に「城七」。散文詩で結構長いものです。昨年（一九八五年）、『白亜紀』の七十一号に発表したもので、ごく最近の作品ということになります。『白亜紀』は、水戸で私が編集して出しております、小さな詩の同人雑誌ですが、そこに発表したものです。意識的に取り入れようとしたのは、マーヴェルの「アプルトン屋敷」[29]です。

47

And now to the abyss I pass
Of that unfathomable grass,
Where men like grasshoppers appear,
But grasshoppers are giants there:
They, in their squeaking laugh, contemn
Us as we walk more low than them:
And, from the precipices tall
Of the green spires, to us do call.

48

To see men through this meadow dive,
We wonder how they rise alive,
As, under water, none does know
Whether he fall through it or go.
But, as the mariners that sound,
And show upon their lead the ground,
They bring up flowers so to be seen,

And prove they've at the bottom been.

49

No scene that turns with engines strange
Does oftener than these meadows change.
For when the sun the grass hath vexed,
The tawny mowers enter next;

どこをどういうふうに取り入れたかと申しますと、散文詩で読みにくいのですが、十一行からご覧いただければと思います。

実は禾本科の異常なほどに成長した茎の一本一本であることにほどなく気づいたからだ　背後だけではない　正面にも　むろん左右にも　亭々としてそそり立つ茎　茎の柵　あまつさえ一本一本が目路遥かな高みへと尖塔のようになおも成長を止めようとしない

この部分について、「四十七番」の最初の二行に〝And now to the abyss I pass / Of that unfathomable grass〟〈そして今わたしは分け入ってゆく／あの底知れぬ草の深淵へと〉と出てきます。「計り知れぬ草の深淵」、「聳え立っている」、「大木のように草が成長している」、そういうイメージだろうと思います。それから、そのスタンザの最後の二行を見ていただきますと、〝And, from the precipices tall / Of the green spires, to us do call”〈また緑の尖塔のそそり立つ、その垂直の／高見から、わたしたちに呼びかけるのだ〉と出てきます。「草は尖塔のようにそそり立っている」、そういうイメージです。それを〈亭々としてそそり立つ茎〉とか、〈異常なほどに成長した茎〉というふうに取り入れました。この〈茎〉はずっとあとにも繰り返し出てまいります。

　そこから数行先に、〈キリギリスかカマキリか　もしも先端に縋りついているものがあるとして〉とありますが、これも「四十七番」に、“Where men like grasshoppers appear, / But grasshoppers are giants there”〈そこでは人間の方がキリギリスのようで、／キリギリスは正しく巨人なのだ〉と出てまいります。〈巨人なのだ〉というのは取り入れてありませんが、〈キリギリス〉のイメージを〈亭々としてそそり立つ茎〉の先端にとまらせてある。そこはここから取ってあります[30]。

　もう少しあとのほうで〈太陽〉という言葉が出てまいります。〈見れば黒い円盤　茎の柵に遮られ　爾来　所在の明らかでなかった太陽である〉。ちょっと飛びまして、〈鋭い兇器によって刺し貫かれながらそこに磔られながら〉と出てまいります。これは「四十九番」の三行目です。“when the sun the grass hath vexed”と出ています。“the sun the grass hath vexed”というのは、アンビヴァレンスの濃い行のようでして、“the grass hath vexed the sun”〈草が太陽を苦しめた〉と読める反面、“the sun hath vexed the grass”〈太陽が草を苦しめた〉とも読めると思うのです。主語と目的語が逆転する。

　この行を以下に続く部分とつないで読みますと、以下に続く部分というのは、“The tawny mowers enter next”〈陽灼けした草刈人たちが次に登場し〉と出てきまして、その〈草刈人〉たちを「出エジプト記」の紅海を渡る〈イスラエル人〉にたとえたりします。「五十番」のスタンザには、“With whistling scythe, and elbow strong, / These massacre the grass along”〈力強い肘で、大鎌をひゅっと打ち振り、／このひとびとは草を虐殺してゆく〉と出てまいります。そういうふうにつないで読みますと、この行は〈太陽が草を苦しめた〉と読めるようです。すると今度は、〈草刈人たち〉が登場して〈草を虐殺してゆく〉。これは、その行から下に流れ下っていく部分とつないだ場合。ところが、先ほどの〈草〉が異常に成長して、〈緑の尖塔〉のようにそそり立っている。〈尖塔〉というと、巨大な槍のようですね。もしそこに太陽がかかっていたら、槍で太陽が刺し貫かれる、そういうイメージが生じる可能性がある。[31] 当然、潜在するようですね。そこからずっと読み下ろして、"the sun the grass hath vexed" という行にきますと、〈草が太陽を苦しめた〉と、どうしても読めるのではないか。その場合の "the sun" は、当時の常套的な〈パン〉が成り立ちます。"son of man"、キリストですね。上から読み下ろしてきたら、キリスト磔刑のイメージが、ここから出るわけです。ですから、上から読み戻して、そう読めると思いながら下を読んでいくと逆転する。めまいを起こさせるような感じがします。

私もこれを取り入れようとしたのは、上から読み下ろしていった場合に感じ取れる部分です。〈鋭い兇器によって刺し貫かれながらそこに磔られながら〉。キリスト磔刑のイメージが、そのあと少し書いてあります。ここに登場する〈わたし〉という一人称は、やがてキリストに槍を突きつけかねない原罪の認識といいますか、そういうことを〈城〉のあるところで強要される、という書き方で終わっています。この〈城〉は、人間というのは生きていく上に、どうしても罪を犯さざるをえない運命にあるという原罪の認識、その強要が行われる〈城〉というつもりで。そういう〈城〉が現実にあるわけではありません。その〈城〉は異常に成長した〈草〉の〈茎〉によって形成される。自分もその〈草〉の〈茎〉の一本にならざるをえないという気持ちで書いたものですが、この詩はあまりよく書けなかったと思います。

私がお世話いただいております先輩の詩人で、和田徹三さんという方が札幌にいらっしゃいます。[32] 和田先生は昔から形而上詩を目指して書いてらっしゃって、和田先生の現代の形而上詩は、仏教思想を詩に表す方向で書いてらっしゃいます。和田先生から、この「城七」をご覧になって、「これはわかる人は一人もいないだろう」という葉書を頂戴しました。お叱りを受けたなと思いました。やはりこれはうまくいかなかった。日本はどうしても仏教的な文化圏なものですから、ここに書こうとしたような観念には、何か相容れない面があるかもしれません。

あわやと思ったときにはもはや引き返すすべはなかった　天から切って落されたような鉄柵によって
すでに背後は塞がれていた[33]　古老の口伝を金科玉条としていたのがいかにもうかつだったのだろう
かつて存在し　いまでも気流の加減で忽然と姿をあらわすことがあるという黄金の城　その城の蜜の
磁力圏内にいよいよ足を踏み入れたかと思えたとき　同時に全く異次元の世界へとうかつにも踏みこ
んでいたのだろう　鉄柵と映ったものは　驚愕の瞬間のなせるわざで　実は禾本科の異常なほどに成
長した茎の一本一本であることにほどなく気づいたからだ　背後だけではない　正面にも　むろん左
右にも　亭々としてそそり立つ茎　茎の柵　あまつさえ一本一本が目路遥かな高みへと尖塔のように
なおも成長を止めようとしない　気流が変るたびに　ゆらり　またゆらり　緑の地軸をすら揺するの
だ　キリギリスかカマキリか　もしも先端に縋りついているものがあるとして　一瞬　下界を見おろ
すことがあるとしたら　罌粟粒ほどの黒い点　それがわたしだろう　いや　揺れる地軸の延長線上に
縋りついておれば　揺れる速度は地上のブランコの数百倍　いや数万倍か　忽ちわたしは消えてしま
う　そのときはたと静止する茎　気流がその茫洋たるけもののような身をひそめたからであろう　す
るとむすうの茎のむすうの先端は蜜の磁力に引寄せられるかのようにざわざわと蝟集し　なおも一点

を目指して伸びあがる気配なのだが　さながら鋭い一点に支えられるようにして　見れば黒い円盤
茎の柵に遮られ　爾来　所在の明らかでなかった太陽である　直観はさいわい外れていなかった　つ
まり鋭い兇器によって刺し貫かれながらそこに磔られながら　しだいに冷えてゆく運命に堪えている
ものがそこにあった　気のせいではあるまいと思いながらもひどく気になる限りなく優しいものを
おのれの直観を透かし見た　四肢は四本の輻に縛められたまま　円盤の回転とともに回転しているら
しい　鍵型の傷からは間欠的に黄金の焔を噴き出しているらしい　間欠的な蝟集と拡散　静止と噴出
との照応　ゆくりなくも成立したその逆説的な照応　そのとき　天の一角とおぼしきあたりから降っ
てくる声があった　聞きおぼえのある古老の声　ここが城だ　茎を措いて城はない　茎の一本へとや
がて汝も変容し　鋭い先端をもてかの者の脇腹を刺し貫かねばならぬ　いいな　蜜の運命を甘受せよ[34]

こういう作品です。マーヴェルの作品にはとても及びません。何か訳のわからないことを綴ったような感じがしております。これはマーヴェルから受けたイメージが作品全体を覆っているのです。[35]

＊

もう一つは「部屋」という作品です。これも散文詩ですが、『方舟』の三十七号、今年（一九八六年）の夏の初めに出ました。まだ新しいものですから、書いた時期まで記憶していまして、今年の正月の休みに書きました。これはハーバートから影響を受けております。「部屋」という題そのもの、それから一行目に〈周囲は色の定かでない壁によって〉と〈壁〉という言葉が出てきます。その先には〈部屋〉とか〈壁〉が繰り返されます。〈部屋〉と〈壁〉は、ハーバートからある程度意識して取り入れようといたしました。〈独房〉

という言葉も何度か出てまいります。四行目の下のほうに〈伸縮自在の　独房に〉と。

Love (III)

Love bade me welcome: yet my soul drew back,
　　　　Guilty of dust and sin.
But quick-eyed Love, observing me grow slack
　　　　From my first entrance in,
Drew nearer to me, sweetly questioning,
　　　　If I lacked anything.

A guest, I answered, worthy to be here:
　　　　Love said, You shall be he.
I the unkind, ungrateful? Ah my dear,
　　　　I cannot look on thee.
Love took my hand, and smiling did reply,
　　　　Who made the eyes but I?

Truth Lord, but I have marred them: let my shame

Go where it doth deserve.
And know you not, says Love, who bore the blame?
My dear, then I will serve.
You must sit down, says Love, and taste my meat:
So I did sit and eat.

「愛（Ⅲ）」の一行目を読みますと、“Love bade me welcome”〈愛はようこそ、私を迎えてくださった〉とあります。というと、何か〈部屋〉の中に招じ入れられる。〈部屋〉とは書いてありませんが。それから四行目を見ますと、“From my first entrance in”〈初めて入室したときから〉とあります。やはり〈部屋〉のイメージを思い浮かべさせるかと思います。そしてこの作品が、〈部屋〉の中でも〈愛〉と作者、一人称のやりとりで成り立っています。他には誰もいない。そういうところから、〈壁〉を私は連想しました。

「愛（Ⅲ）」は、新井先生の最近の御本『英詩鑑賞入門』で扱われていまして、私は「はっと」しました。非常に優れた注釈、それに鑑賞を施されていまして[36]。この〈部屋〉は、愛なる神の〈部屋〉であると同時に、どうも旅館でもあるらしい、ということを述べられています。私がこれを書いたときには、そこのところは感じ取れないで、これは本当にいいことをお教えいただいたと思いました。六行目“If I lacked anything”は、〈何かご入用なものはありませんか〉という意味のようです。宿屋の主人が客に聞く、そういうニュアンスがあることを教えていただきました。そうすると、ますます〈部屋〉になるわけでして、ただ私がこれを書いたときは、そこまでは感じ取れないでいました。

やはり何か閉ざされた〈部屋〉を連想させるハーバートの作品で、「首輪」というのがございます。“I

“struck the board, and cried, No more. / I will abroad.”〈わたしは聖餐台を叩いて、叫んだ、もうたくさん／ここから出ていく〉というわけです。これも〈部屋〉ですね。こういうところから、〈部屋〉と〈壁〉を取り入れました。[37]

「部屋」の最後を見ていただきますと、〈独房ではいましも　一人の少年がマナーよろしく食事中である〉と出てまいります。「愛（Ⅲ）」の最後の二行を見ていただきたいと思います。“You must sit down, says Love, and taste my meat: / So I did sit and eat.”〈「すわりなさい。そして私の肉を食べなさい」と愛は言い、[38]／それで私はすわり、食べた〉。非常に旋律的な“my meat”、“and eat”ですね。母音が施されていまして、背筋に何か走るような感じがしますが、〈食事中である〉は、実はここから取っています。ですが、旋律的な部分は私にはとても使いこなせませんので、ただ〈食事中である〉というところだけを取りました。

〈一人の少年〉は、「首輪」のほうから借りました。やはり神と〈私〉とのやりとりですが、〈私〉はさんざん神に対して駄々をこねるわけです。悪態をつくんですね。悪口雑言をわめきたてる。作品の最後で一言声をかけられると、たちまちしゅんとなって、敬虔なイノセントな状態に入ってしまう。そこが私、非常に面白いといいますか、感銘しました。そこから〈一人の少年〉というイメージを思い浮かべて取り入れました。[39]その最後の二行は、“Me thoughts I heard one calling, *Child!*/And I reply'd, *My Lord*.”〈誰かが呼びかけるのを聞いたようだった、「子よ！」／わたしは答えた、「わが主よ」〉。神に“*Child!*”と一言声をかけられる。そうすると、“And I reply'd, *My Lord*.”そういうところから合わせて、〈一人の少年が食事中である〉としました。

しかし全体の調子は、「愛（Ⅲ）」に依存していると思います。「愛（Ⅲ）」につきましては、みなさんもすでにお読みのことと思いますが、新井先生が、「「愛」と「わたし」のやりとりの最後にいたり、「わたし」は神の子の饗宴に連なる以外に生きる道のないことをさとる。それが「教会堂」を通ったものの行きつくべき境地であったのであろう。それが『教会堂』の最後にこの詩がおかれた理由なのであろう」とおっしゃっておられます。

私など、「愛（Ⅲ）」の最後のところを読みますと、神の肉を食べなければ生きられない人間の罪深さ、罪深さにもかかわらず、その罪深さを知るがゆえに、忌避するがゆえに、かえって神の愛の許しに包まれることも可能だと。おそらくハーバートは、ここを書いたとき、涙ながらに神の肉を自分はいま食べている、そういう気持ちになって書いたのではないかと私は思うんです。神の愛の大いなる逆説、形而上的逆説といえるのではないかと思います。私はそういうものは、とても表現できませんでした。ハーバートから頂戴するものを頂戴して、私の作品は、超越的で潜在的な、ある存在者の意思があるとして、その意思が人間界に働きかけていく過程のようなものが捉えられればと、ただそれだけで書きました。ですから、「部屋」がハーバートからきているというのは、ご覧いただいただけでは気がつかないのではないかと思います。「城七」あたりは、マーヴェルかなと思われる向きもあるでしょうけれど、「部屋」はずいぶん効果が違ってしまっています。

周囲は色の定かでない壁によって閉ざされているが　手を伸ばすと　つい鼻先を閉ざしていると見えたものが　忽ち彼方へと退いた　だからわたしは壁に触ったことがない　砂のようにざらざらしているのか　液体のように掌を濡らすのかも知らない　だからそれは素材不明の　伸縮自在の　独房に似ていた　だが　夢の中のできごとではなくて現実である　現実に物心がついたとき　わたしはすでに

そこにいて　定められた菫色の日課に従っていた[40]　定めたのは誰か　多分　部屋　むしろ部屋の何か　部屋自体に具わる　多分　意志であろうか　暗黙の意志に従ってわたしは日課を守った　昼の読書と夜の体操と僅かな睡眠とを　その限りでは他の少年のものとすこしも異ならない　もし異なるところがあるとしたら　意志がわたしに押し向ける日課こそ意志が何であるかをやがてわたしに認識させようためであったらしい　という点だけである　むろん気づいたのはずっと後になってからであるが　それまでは日課に従って　左の壁から太陽が登り　わたしの読書を照らした　右の壁に太陽が沈み　わたしの体操と睡眠を豊かにした　読書の中ではときに争いごとが起ることもあり　火花が飛び　人が倒れ　幼いわたしを悲しませたが　これも日課に従って読書を閉ざすと　再び夢の中でのように菫色の静けさが支配した　すべてが意志の独房の賜物であるのだろう　意志にたがわず　壁の支える天井はドーム状でプラネタリウムに似ていた　たとえば豊かにきらめく北斗七星　その柄杓が傾くと　一滴一滴とマナのようなものがしたたり　したたり落ちる菫色のものをわたしは舌に受ける　日課の食事のマナーである　マナーに従ってマナは舌に融けた　が　食事にふさわしく　排泄物はすべて体操の汗となって気化したから　どこを探してもトイレットがなかった　トイレットとは無縁に成長し　成長しながらわたしはしだいに透明になっていった　部屋のどこにも存在しないかのようでいて　実は隅々にまで滲透し　いつか部屋そのものになっていた　言い換えると　そのようにして部屋は部屋自体の意志と機能を維持しているのだろう　部屋になったわたしの左の壁から太陽が登り　かつて読書を照らしたように光を注いでいたが　やがて右の壁に沈んだ　日課の体操のつもりで膝を曲げると　その煽りで柄杓が傾き　マナをしたたらせた　独房ではいましも　一人の少年がマナーよろしく食事中である

ここに下手な詩の駄洒落みたいな〈マナ〉と〈マナー〉を使っていますが、ハーバートは〈パン〉が非常に上手ですね[41]。とても真似はできない。新井先生がお書きになってらっしゃるところで、十二行目に"who made the eyes but I?"〈わたし以外のだれがその目を造ったのか〉と、非常に深刻なことを軽みをもたせて表現しています。日本語で何かそういうことをやろうと思うと、どうも具合がよくない。

ハーバートの作品で先ほど「首輪」をあげましたが、あれにも非常に巧みな〈パン〉があります。

I struck the board, and cried, No more.
　　I will abroad.
　What? shall I ever sigh and pine?
My lines and life are free; free as the road,
　Loose as the wind, as large as store.

四行目に"My lines and life are free; as the road"〈わたしの境涯も人生も自由だ、道路のように自由〉とありますが、"lines"はもちろん〈境涯〉、それから〈ヴァース（詩行）〉です。これはすぐわかりますね。もう一つこの行には〈パン〉があって、"the road"〈道路〉とあります。ハッチンソン版[42]、それからガードナーの『形而上詩』の版[43]では、"rode"となっています。"rood"〈十字架〉の綴りです。ところが、私はそれらの版ではなくて、手近にありました「ノートン・クリティカル・エディション[44]」からコピーしたのですが、「あれっ」と思いまして、ノートン版とハッチンソン版を較べてみましたら、"rode"という綴りがモダナイズされて、"road"となっていました。これでは〈パン〉が消えてしまうのじゃないかしら。"road"は、『オックスフォード英語辞典』[45]によると、"rode"と書いたこともあるようです。両方の単語を引いてみました。そうすると、これは〈パン〉だとびっくりするのです。[46]ノートン版ですと、それがモダナイズされた綴りで消えてしまって、これはどうなのかしらと。その版が全部悪いというわけではありませんが、新井先生のご命令で準備をするついでに見較べてみましたら、そういうことでした。

＊

意識的に取り入れようとしたものにつきましては、自分でも多少記憶しておりますから、今申し上げました作品で、ダン、それから書いた順序でいいますと、マーヴェル、ハーバートを意識的に取り入れております。それ以外にもあるかと思いますが、あまり意識しなかった部分は記憶に残っていません。同じように意識しないでいて、他からの批評を受けて「おやっ」と思ったことが最近ございましたので、そのことに触れさせていただければと思います。それは「祖母」[47]という作品です。

祖母

螢をつかんだらよく手を洗いなさい
祖母は決まってそう言った
繊弱な姿の割には愕くほど強いその匂いが
幼い魂に感染しては　と気遣ったのだろうか

洗っても洗っても容易には洗い落せない
たとえば　生への怨念のごときもの
生臭いひかりの痕跡をわたしのてのひらに残して
或る晩　祖母は飛び立った

これは形而上詩人から取り入れようとしたわけではありません。〈よく手を洗いなさい〉。マクベスの手を洗う場面がありますね。[48]あそこを微かに思い浮かべる。しかし、あんな壮大なイメージはわいておりませんで、ほんの小さなイメージだけなのですが、これをロバート・コットン（Robert Cotton）さんが英訳して下さいました。コットンさんはアメリカ人ですが、容貌、体つきからアングロ・サクソン系ではないかと。聞いたことはありませんから確かめてはいないわけですが、そういう感じを受ける人です。たまたま今年四月に知り合いになりました。

コットンさんは数年日本に住んで、最近日本国籍を取って、北林光という日本名を名のっております。[49]「北林光です」と名のられてびっくりしたんですが、素敵な名前です。知り合いになりましたときに、私の詩を少しは読んで下さっているとおっしゃっていました。二週間ほどしたら、「一篇英訳した」とコピーを下さった。『芭蕉四十一篇』という詩集が私にはございまして、芭蕉の句を作品の末尾に据える形で四十一篇書いたものです。[50]創作の部分は散文詩です。散文詩を書いていって、最後に芭蕉の句をぽつんと置いてみる。芭蕉の句と散文詩との照応関係で何か詩がつかめないか、そういう試みで書いたものですから、『芭蕉四十一篇』と称するのですが、四十一番目の詩、有名な芭蕉の最後の句〈旅に病(やん)で夢は枯野をかけ廻る〉をそのまま用いた作品ですが、それを英訳して下さいました。

創作の部分は散文詩なので、初めフリー・ヴァース[51]で訳して、そのコピーを下さった。「あなたの散文詩は、いわゆる散文ではなく、リズムがある。言葉の響き合いがある。フリー・ヴァースではどうも合わないようだ」と。といっても、そう流暢に話されたわけではありません。コットンさん、日本語を話すのはあまり得意ではないんですね。「何が合うだろうと考えて、ブランク・ヴァース[52]が合うようだ」と。もう一つブランク・ヴァースで訳して、コピーを二つ下さいました。コットンさんは、古英語、中英語の音韻を専門として、シェイクスピアをよく読んでらっしゃる。詩ではロマン派と現代の英米詩人を読んでらっしゃる。詩でも、とくに音韻的な面にとても敏感なんですね。

そのとき私の詩について、ぽつりぽつりと感想を述べられて、「あなたの詩はタフ（tough）で、マスキュリン（masculine）だ」と。その理由を言いたいらしいのですが、なかなか日本語が出てこないんですね。読むのは非常に読める人です。ですから、私の『芭蕉四十一篇』も通読して下さったのですが、しかし話すとなると、私が英語を話さなければならない以上に、それよりはもっと日本語が上手ですけれども、日本語の単語を思い浮かべながら話されるようで、「あなたの詩のイメージははっきりしている。イメージが力強い」ということをおっしゃられました。私の作品は、なんて言葉づかいが脆弱なのだろうと思っていましたし、詩を書く仲間から、そういう批評を受けたこともなかったので、たいへん意外で、そして日本語を母国語としない人から見ると、[53]そう見えるのかしらという感じを受けました。

そのときはそれで過ぎたのですが、英語に訳して下さったお礼として、『落毛鈔』、これは難しい行分けの作品を集めたものですが、これをお礼にさし上げましたら、一週間後に「全部読んだ。一つ訳してみた」。それが「祖母」なのです。

Grandma

"Catch all the fire flies that you can snare,
but then you'll have to wash your hands with care!"
my grandma said with force, though short and small.
I wonder if I realized it all,
how such a frail thing could smell so strong,
infecting youthful souls with right and wrong.

I washed and washed to rid the smell it made,
but like some deep, implanted, grudge it stayed.
The stinking light left on my palm its trace,
since grandma one night flashed and lost life's race.

これはヒロイック・カプレットで訳して下さいました。非常に見事な広い観点で訳して下さいました。そのときに、「散文詩のリズムと行分けの詩のリズムとそれほど違わない。先に訳した『芭蕉四十一篇』も暇ができたら、ヒロイック・カプレットでやってみようと思う」とおっしゃられて、それで私は「あっ」と思ったのです。非常におこがましいのですが、〈タフ〉で〈マスキュリン〉で、〈ヒロイック・カプレット〉でたくさん書いた詩人といいますと、ダンということになるんですね。[54] 私はいつの間にか、そんな大物詩人にされてしまった。コットンさんは、ダンは読んでらっしゃらないようですね。それでびっくりしまして、そうかしらと悩みました。

ダンの「エレジー」は全体がヒロイック・カプレットでして、また長編の「周年追悼詩」もヒロイック・カプレットですね。先ほどの宗教的なテーマで書いた「機会詩」、それから「書簡詩」もヒロイック・カプレット。ずいぶん使ったんですね。マーヴェルも少し書いています。クロムウェルの追悼詩とか、クロムウェル政府の一周年記念のお祝いもヒロイック・カプレットですが、マーヴェルの場合は、私は好きになれないのです。ずいぶん無理をしているような感じがして。マーヴェルについては、先ほど引用したところに、非常に強いアンビヴァレンスがあるようだと申しましたが、他の作品にもそれがありまして、甚だしいアンビヴァレントな感情をなみなみと抱えている人では、ヒロイック・カプレットをつないで書くことは、うまくいかないのではないか。「アプルトン屋敷」は、スタンザで区切ってあります。ああいう書き方のほうが合うのではないかと思います。ダンはやはり、ヒロイック・カプレットが合っているのではないか。そのようにして延々とつないで、非常に力強い観念の世界を作ってしまう。私はダンほど力はございませんが、どこかでダンに影響を受けていたのかしら。でも、まだ半信半疑です。

私の散文詩は、ご覧いただいてすぐわかりますように、同じ言葉を繰り返して作ります。[55]「ダン博士」は行分けですけれども、最後のほうに〈産めないわたしが産んでしまったことで／やはり産めなかったことを証しする苦しみ〉と、〈産む〉という言葉を三度使ってあります。『芭蕉四十一篇』で、初めて散文詩で書いてみようと思いまして、そのときは意識的に散文詩の文体を作ろうとしました。同じ言葉を反復させて、何か意識の状態を定着して、アーギュメントを進めていく、そういう文体を作りたいと思いました。[56]「部屋」

と「城七」にも、そういう傾向があるんですけれども、同じ言葉を繰り返す。気がつきますと、ダンのヒロイック・カプレットにも、部分的にはそれがずいぶん出てくるところがあります。自分で発明したつもりでいても、何となくそういうところから受けていたのかもしれません。

When that rich soul which to her heaven is gone,
Whom all they celebrate, who know they have one,
(For who is sure he hath a soul, unless
It see, and judge, and follow worthiness,
And by deeds praise it? he who doth not this,
May lodge an inmate soul, but 'tis not his.)

「第一周年追悼詩」「世界の解剖」の書き出しです。"soul"という言葉が繰り返し現れます。六行のうちに、数えてみますと三度出てきます。"one"で受けているのが一つ、"it"で受けているのが二つです。それから"his"で受けているのが一つ。代名詞で受けているものを入れると、一行から六行までの間に"soul"のままが三行、それ以外で"soul"を受けている形では四度です。そういうことは、言葉の回転のさせ方のような恰好で、いつの間にか移ってしまったと感じられる次第です。

*

現在、日本語でさまざまな傾向の詩が書かれています。最近ますます、十七世紀の形而上詩人たちがうたっている、絶対者と自分との関わりのようなことを。絶対者があるとすれば、との仮定から私は話すわけですけれども……。ですから、「部屋」のような非常に回りくどい言い方をせざるをえないのですが、そういうものを日本語で書いていければと思います。そういうものに共鳴してくださる方がいますが、それは少ないんです。アングリカン・チャーチの信徒である『方舟』[57]編集長の笠井剛[58]さんは、「部屋」をとても買ってくださいました。笠井さんは、私が意識しないで書いた「祖母」の〈ひかりの痕跡〉、〈てのひら〉の〈痕跡〉という言葉に聖痕のイメージを感じ取ってくださったようでして、これはまた、私の本当に怪我の功名のような感じです。そういう方は、こういう方向でますます書けとおっしゃって下さるんですが、日本の文化はどうしても仏教的な文化圏、あるいは儒教的な文化圏で、日本自体が、キリスト教的な文化圏とは異質な文化圏で成長してきていますので、一生かかっても、日本の形而上詩が書けるかどうかわかりません。今日はお恥ずかしいお話を申し上げました。ありがとうございました。

（一九八六年十月二十五日、日本女子大学図書館）

（1）新井明（一九三二-）、日本女子大学名誉教授。ジョン・ミルトン研究の泰斗。『ミルトンの世界――叙事詩性の軌跡』（一九八〇）、『楽園の喪失』（一九七八）に代表されるミルトン研究をはじめ、『新井明選集』（二〇一八-一九）など著訳書多数。その広く深い学殖はイギリス文学にとどまらない。講話「形而上詩と創作」について新井は、〈ユリノキの黄ばんだ葉のみえる部屋で、先生は訥々として、しかし朗々としたお声でお話をなさった。いまでも、そのときの鮮烈な印象を語る人びとが、私のまわりにいる〉と回想する（新井明「菫色のなかで」）。

（2）西脇順三郎（一八九四-一九八二）、慶應義塾大学名誉教授。主著に『あむばるわりあ』（一九四七）、

『旅人かへらず』(一九四七)、『近代の寓話』(一九五三)、『第三の神話』(一九五六)、『失われた時』(一九六〇)、『豊饒の女神』(一九六二)、『超現実主義詩論』(一九二九)。現代詩における存在の大きさから、その謦咳に接した西脇順三郎に向けた星野のオマージュ——〈詩人の口を通して、詩がとめどなくあふれ、流れ出てゆく。ときに重々しく、ときに軽快に、ときに自然の風光が、ときに哲学的な思索が、またときには東西の詩人の詩句のパロディが、流れきたり流れ去る〉(「西脇順三郎の『失われた時』」)。

(3) 福田陸太郎(一九一六-二〇〇六)、東京教育大学名誉教授。英米現代詩の翻訳多数。比較文学、英米文学、現代詩における多彩な業績は『福田陸太郎著作集』(一九九八-九九)にうかがえる。同じ時代を呼吸した新井明は、福田の著作から、〈文芸の霊を土地の霊に重ね合わせて、からだで直感することのできる詩人〉の姿を感じ取っていた(『福田陸太郎著作集5』「解説」)。詩集に『欧州風光』(一九五五)、『海泡石』(一九七二)、『ある晴れた日に』(一九七七)、『カイバル峠往還』(一九九六)。

(4) 〈アンビヴァレンス〉ambivalence、またその形容詞〈アンビヴァレント〉ambivalentは、価値基準のひとつとして、星野の評論にしばしばあらわれる。辞書的意味は〈相反する感情を同時にもつこと〉、あるいは〈両面価値〉だが、〈曖昧〉を鍵語にテキスト分析を行ったウィリアム・エンプソン(一九〇六-八四)に由来する。エンプソンは〈曖昧〉を〈同一の言葉に代用可能な反応の余地を与えるような言語の陰翳〉と定義し(『曖昧の七つの型』)、星野はその批評的戦略の要点を、AとBふたつの意味があるとして、〈AかBかどちらか〉either…orであり、同時に〈AとBの両方〉both…andを実現する関係、すなわち対立的(二者択一的)で相補的(同時共存的)な〈代用可能〉alternativeな関係に求める(「エンプソンの曖昧の詩学」、「対立と相補」)。〈半透明とは一脈曖昧に通じ　曖昧が明晰な形態を幾つも生み出す一種の子宮であることは　言わでもがな〉(「静物1」)

(5) ジョン・ダン(一五七二-一六三一)を中心に、ジョージ・ハーバート(一五九三-一六三三)、リチャード・クラショー（一六一三－四九）、ヘンリー・ヴォーン（一六二二－九五）、アブラハム・カウリー（一六一八－六七）、アンドルー・マーヴェル（一六二一－七八）などの詩人たちをさす。衒学的表現と〈コンシート〉conceit の比喩の難解さから、長くイギリス詩の傍流にあったが、T・S・エリオットの「形而上派詩人論」（一九二一）を契機に、二十世紀に入り再評価される。

（6）形而上詩との関係を引用や言及という形で明示している作品は、「窓A」、「静物2」、「いまの季節になるとA」、「世紀末病A」、「鐘B」、「観測」の六篇を確認できる。

（7）「ダン博士」『玄』六号初出。『玄』は、佐原町（現佐原市）で星野と共に詩誌『紋章』（一九五二－五六）を編集し、『白亜紀』創刊にも参加した荒川法勝（一九二一－八八）が主宰した詩誌。

（8）劇中人物のような詩の語り手〈ペルソナ〉persona を歴史的・神話的人物から設定し、その口を借りて表現する手法は、〈劇的独白〉dramatic monologue と呼ばれる。ダンやハーバートも使ったが、文学史的展開でとくに重要な役割を果たしたのが、『男と女』に代表されるロバート・ブラウニング（一八一二－八九）であり、二十世紀では、エズラ・パウンド（一八八五－一九七二）、さらにT・S・エリオット（一八八八－一九六五）。そのエリオットの強い影響で、星野が初めてこの技法で書いたのが「ゴーストップは青」（「詩的人生」）。〈人間は自分自身を語るときに最も自分をあらわさない。マスクを与えてみよ、そうすれば本当のことを話すだろう〉というオスカー・ワイルドのことばを引用し、〈究極の実在を啓示する〉ためには、〈個人的な感情〉を〈規定する形式〉としての〈マスク〉、すなわち〈劇的独白〉の〈ペルソナ〉が必要との認識が示される（「ペルセウスの楯」）。この認識から、星野は〈劇的独白〉による詩的表現に、現実と測り合う非在の世界／反世界の創造の可能性を見ていた。〈劇的独白〉による作品を多く含む第一詩集の書名は、最初〈エホバ・ほか〉であったが、最終的に〈マスク／仮面〉を意味する〈PERSONAE〉に変更された事実に、星野が詩に求めたことの一端がうかがえる。

（9）島崎藤村（一八七二－一九四三）が平田禿木（一八七三－一九四三）、北村透谷（一八六八－九四）らと創刊した『文学界』で最初に力を注いだのは劇作品であったが、この劇創作の志向があったときに、ブラウニングの〈劇的独白〉の詩を読む機会があり、それが劇作法の延長として詩を書くことができると考え、〈ペルソナ〉による表現を身につけたのではないか、と星野は推論する（「島崎藤村」、「『若菜集』の新しさ」）。

（10）〈ソネット〉sonnet はイタリア起源の十四行詩で、英詩の弱強五詩脚の基本韻律に脚韻の構成を工夫して詩想を表現する。イギリス・ルネサンス期に流行し、多くのソネット連作が書かれた。一六〇八年頃から一六二〇年頃に書かれた『ホーリー・ソネット』*Holy Sonnets* も連作のひとつで、死、審判、罪、悔悛などの詩的黙想となっている。

（11）ダンの詩集が出版されたのは死後のことで、全部で六回――第一版（一六三三）、第二版（一六三五）、第三版（一六三九）、第四版（一六四九）、第五版（一六五〇）、第六版（一六五四）。

（12）*The Elegies and the Songs and Sonnets of John Donne*, ed. by Helen Gardner (Oxford, 1965)。本文校訂の厳密さで知られる。ダンの詩は原稿の回覧で読まれた。多くの写本が残されたが、ヘレン・ガードナー（一九〇八－八六）は、四十三種類の写本の異同を確認して原型の復元にあたり、さらに創作時期を推定し、一六〇〇年前後を分岐点に二つの作品群に分類した。ガードナーは、エリオット研究でも成果をあげた。とくに *The Art of T.S. Eliot* (Faber & Faber, 1968), *The Composition of Four Quartets* (Faber & Faber, 1978) は、エリオット論の構築でも星野の関心の射程にあった。ガードナーの訳書に、新井明訳『宗教と文学』（彩流社、一九九七）。

（13）*The Poems of John Donne*, ed. by Herbert J. C. Grierson (Oxford, 1921)。ハーバート・グリアソン（一八六六－一九六〇）も三十七種類の写本の異同を確認して本文校訂を行った。エリオットが *Metaphysical Lyrics & Poems of the Seventeenth Century* (Oxford, 1921) の書評を書いたことで、現代の

形而上詩人再評価が始まった。

(14) 〈放火〉については、草稿メモから、「ホーリー・ソネット二番」(一六三五年版)の〈私を燃やして下さい、主よ、あなたとあなたの館の火の激しさで、それこそ焼きつくしながら、返してくれるのですから〉"And burne me o Lord, with a fiery zeale/Of thee' and thy house, which doth in eating heale" も意識にあったことがわかる。堅牢な城砦が圧倒的力に崩れ落ちるさまが、学園紛争の光景や戦争の遠い記憶と重なることは容易に想像がつく。そのときよぎる星野の虚無感や喪失感についても。

(15) 〈封印〉には証書の有効性を示す証印/印章に加え、性行為を連想させる意味が含まれる——"Chafe waxe for others seals?" 〈蠟を溶かしたのは僕だが、封をするのは別の男なのか〉(湯浅信之訳「訓育」)。〈血のほのほ立つ柱〉に何かしらファリックな含意が感じられるとすれば、その連想とともに、原詩を圧縮して配置した意味も理解できる。

(16) 一般に〈エレジー〉elegy は、人の死や世の儚さを嘆き悲しむ〈哀歌/悲歌〉を連想させるが、ダンの時代には、ヒロイック・カプレットを連ねて自由につづられた恋愛詩を意味。

(17) 官能的な恋愛詩、哀歌、諷刺詩を収める。その多くが、一六〇一年の秘密結婚によって、ダンの長い不遇の時期が始まる前の一五九〇年代、奔放に過ごした青春時代に書かれた。

(18) *The Divine Poems of John Donne*, ed. by Helen Gardner (Oxford, 1952).

(19) 生きていくうえで節目となる機会に、その人や出来事との関わりから書かれる詩。ガードナー版には、「聖金曜日、一六一三年、西に向かって馬を駆る」"Goodfriday 1613. Riding Westward" を含む六篇が分類されている。

(20) 弱音節と強音節のまとまり(詩脚)を五つ含む英詩の基本的な詩行(弱強五詩脚)を二行(カプレット/対句)、韻を踏ませて揃えた詩形。十八世紀にホメロスの英雄叙事詩の翻訳に使われたことから、〈ヒロイック・カプレット（英雄対句）〉heroic couplet と呼ばれる。

（21）"Neither the pillar of cloud by day nor the pillar of fire by night left its place in front of the people" 〈昼は雲の柱、夜は火の柱が民の前を離れることはなかった〉（「出エジプト記」一三章二二節）。

（22）ダンは一六二三年に熱病に犯され、一時重体に陥るが、回復すると『重病の床からの祈禱』*Devotions upon Emergent Occasions* を書いた。引用は「第十七黙想」。「鐘B」は、この一節で結ばれる。

（23）その衝撃から一篇の詩が生まれている——〈ひとりの牧師が血を吐くように叫ぶ／どうか破城槌でわたしの心臓を突き崩してください／手籠にされ　おまけに簒奪されて　サタンの／不壊不落の砦と化した心臓を〉（「世紀末病A」）。

（24）ダンのソネットに始まり、ハーバート、ヴォーン、それぞれの〈心臓〉のイメジを比較することで、十七世紀の〈宗教詩の核心に位置するイメジ〉であることが明らかにされる（「形而上詩の心臓のイメジ」）。「世紀末病A」は、ダンとヴォーンの〈心臓〉をモチーフとする。

（25）ジョルジュ・プーレ（一九〇二－九一）。フランスの文芸評論家。主な訳書に井上究一郎ほか訳『人間的時間の研究』（筑摩書房、一九六九）、平岡篤頼ほか訳『現代批評の方法』（理想社、一九七四）、岡三郎訳『円環の変貌』（国文社、一九七三－七四）、池田正年ほか訳『炸裂する詩　あるいはボードレール／ランボー』（朝日出版社、一九八一）。

（26）この時期の星野の心情を映す記述——〈一九六九年／学園紛争激化〉、〈六月教養部校舎、全学共闘会議学生により封鎖〉、〈一一月、茨城大学学生会館運営委員会委員長として、全共闘また右翼学生集団への対応に苦慮す〉（『星野徹全詩集』「年譜」）。〈とにかくこれで当分、論集をまとめようという気は起こらないかも知れない。学生たちの、大学管理法反対のシュプレヒコールを聞きながら、詩集をつくりたいという欲求がしきりに湧いてきている〉（『詩の発生』「あとがき」）。

(27)〈詩の創作の不毛の意識〉を詩作によって表現するというメタ・ポエトリカルな構成は、恋をしたことを詩に綴り、二人の秘密を人目にさらす愚かしさをうたうダンの「三重の馬鹿」"The Triple Fool" のようでもある。その意識は、〈産めないわたしが産んでしまったことで／やはり産めなかったことを証する苦しみ〉とあるように、詩人であることの困難さ、すなわち詩を書くことの根源的な問いかけを含むが、そこにはまた、その困難を引き受ける詩人としての矜持も感じられる。

(28)〈生麺麭〉、〈ロバの蹄〉、〈蝗の翅〉と触感の異なるイメジの共起。同様の表現として、たとえば、〈金剛石よりも硬く仔羊の肉よりも軟かなもの〉(「アドニス」)

(29)「アプルトン屋敷」"The Appleton House" は、全九七連、七七六行におよぶ庭園詩。オリヴァー・クロムウェルと行動を共にしたトマス・フェアファクス卿がナン・アプルトンに隠棲したとき、寄寓したマーヴェルが屋敷の来歴や庭園の美しさを語りながら、フェアファクス卿一族を賛美するという内容。

(30)〈キリギリス〉や〈カマキリ〉からは〈罌粟粒ほどの黒い点〉にしか見えない〈わたし〉という、閉ざされた空間の高所から見たときの大小の逆転のイメジ、その〈めまい〉を起こさせる感覚は、「イシス」からも感じ取れる——〈中天から見おろせば緑のいちまいの絨毯だが　降り立ってみると　さながら無数の釘を逆立てた筵　釘の筵のさながら天にまで続くかと思われる業苦の葦だ　彼女は虹のようなめまいに襲われていた〉。

(31)串刺しになった〈太陽〉のイメジからは、イーディス・シットウェル「カインの影」"The Shadow of Cain" の〈殺害された太陽〉が想起される——〈太陽は下降し　大地は上昇して／太陽の天の位置を奪い……第一物質が／破壊された、あらゆる生命を生みだした子宮が　だ。／それから　殺害された太陽に向かって塵のトーテム・ポールが立ちあがった　人間が存在した形見として〉(『イーディス・シットウェル詩集』)。串刺しの太陽のイメジで書かれたと思われる星野自身の詩篇——〈彼のからだも一本の穂のようになびいた　絮毛がとんで鋭くなった穂のように　穂の先がうすい太陽にふれた　太陽を　刺し　裂き　あたりにうっすらと虹色を刷いた〉（「芭蕉」）。または、〈いっせいに伸びあがる芒と穂とかかるとき太陽は一顆のレモン〉（「祖霊」）。

（32）和田徹三（一九〇八－九九）。詩壇ジャーナリズム（中心）から遠く離れた札幌（周縁）で詩誌『灣』を主宰し（一九五六－九九）、形而上詩を追究した。星野は和田を〈学的探求者にして、しかも稀な詩的苦行者〉と評し（「現代日本の形而上詩」）、和田も星野を〈内に充溢するキリスト教実存主義思想を、その見事な形象力によって詩化している、傑出した形而上詩人〉と評した（和田徹三「傑出した形而上詩人」）。形而上詩の創出という共通の志向において深い敬意と厚い信頼に結ばれた二人。初対面の和田に星野は、〈そこはかとない妖気を漂わせて〉、〈痩身、長軀、鶴のような印象〉をもった（「詩人の接吻」）。星野は和田の死を詩の中で、こう受け止めた――〈一九九九年六月二十七日の午後　一羽の鶴が飛び立った　気象観測衛星のレンズがその姿を捕えた　仲間の数十羽が囂しく南に向けて飛び立ってから一ヶ月後のこと　よほど性偏屈で弾き出されたか　よほど性高潔で期するところがあったからか　となるとレンズがどれほど精巧でも――同じく南に進路を取ったところから仲間の群を追うかのようにも　それにしては何と頑なほど悠長な羽搏き〉（「鶴」）。星野が『灣』に参加したのは、批評三部作――『詩と神話』（一九六五）、『詩の原型』（一九六七）、『詩の発生』（一九六九）――刊行の後、『PERSONAE』が出版された一九七〇年。和田の形而上詩探究の場である詩誌を理論的側面から補強する役割からだが（和田徹三「『灣』の三十五年」）、その〈鶴〉は「芭蕉九」にもあらわれる――〈鋼いろの詩法へとなだれこむまでの数刻　数刻をたゆたう彼　たゆたう空腹の夢　ふと　うらうらの陽射しを浴びてあゆみ寄る鶴があった　優雅な運命のように　二度　三度　大きく羽搏きながら首をかしげると　優雅な　しかし鋼のような嘴で彼の夢をついばんだ〉。

（33）〈鉄柵〉に〈背後は塞がれていた〉という閉所恐怖症にも似た感覚に、同じくマーヴェルの「羞しがる彼の恋人へ」の余響が感じられる――〈しかし背後からいつも聞こえてくるのは／時間の戦車の羽搏きながら過ぎ去る音。／そして彼方まで遥かに横たわるのは／荒寥たる永遠の砂漠〉、〈わたしたちの力と優しさとをことごとく／丸めて一つの球に変え、／人生の鉄の門をかつがつにくぐらせては／わたしたちの快楽を捥り取りましょうよ〉。

（34）原罪の意識を含む〈蜜の運命を甘受せよ〉の〈蜜〉に、W・B・イェイツの「学童のあいだで」"Among School Children" が意識されたかもしれない――"What youthful mother, a shape upon her lap/ Honey of generation had betrayed" 〈一体、どこの若い母親が、膝に抱く赤子が／生殖の蜜のなせるしわざでこの世にあらわれ〉（鈴木弘訳『W・B・イェイツ全詩集』（北星堂書店、一九八二））。

（35）「アプルトン屋敷」と詩作の関係では、〈翡翠は昼と夜の／境界を飛ぶ〉（「翡翠C」）への第84連の影響が認められる――〈流れるに任せた河の面に／黒檀の鎧戸を降しはじめるとき、／慎ましい翡翠が姿をあらわし、／昼と夜との境界を飛ぶのだ〉。

（36）『英詩鑑賞入門』（研究社、一九八六）。〈講義する者にとってさまざまな連想を触発してくれる記述と言い、イギリス詩の歴史的流れが感覚的におのずから会得できるような内容構成と言い、みごとな著書である〉（『白亜紀』九十三号「編集後記」）。

（37）決して触れることのできない〈壁〉に囲まれた〈独房〉にも等しい空間に〈物心ついたとき〉から閉じ込められて、〈定められた菫色の日課〉を繰り返すという閉塞感は、〈部屋〉もまた〈函〉や〈壺〉などの人間存在を意味する〈器〉の原型的ヴァリエーションとみれば（「壺のヴァリエーション」）、一九八〇年に病魔に襲われた結果の〈精神と肉体、主体と客体などの二元論的対立関係についての再考〉（『城その他』「後書」）とも無関係ではあるまい。〈部屋〉のイメジについて、草稿メモによれば、「愛（Ⅲ）」から〈愛なる神の部屋〉のイメジが、「首輪」からは〈閉ざされた狭い部屋〉のイメジが導かれ、さらに両義的な〈部屋〉を決定するうえで、ダンの『魂の歴程』*Of the Progress of the Soul* と『死の決闘』*Deathes Duell* の影響があったこともわかる。星野が引用するダンの詩句にある〈牢獄〉、〈墓〉、〈子宮〉の連鎖は、〈部屋〉にまとわりつく閉塞感をさらに強調する。ダンを意識したというなら、「おはよう」"The Good-morrow"で描かれる、恋人たちが睦み合う〈部屋〉の意識もあったかもしれない。その自己充足的空間ということでは、詩篇を構成する〈連〉(stanza)は〈部屋〉を原義とするから。

(38)〈生前のわたしは自分で申すのは恥ずかしいのですが　菱の花でしたから　死後は花から結ばれた実　仄かに甘い澱粉質の肉　それがわたし　死んだ今となってはそれがわたしのすべて　どうか召し上がって下さいませ〉(「菱」)。

(39)〈首輪〉collar は、中世・ルネサンスに人の性格を、その配合によって決定すると考えられた〈体液〉humor のひとつである〈黄胆汁〉choler と〈地口〉となることから、〈黄胆汁〉が肝臓から分泌されて癇癪を起す〈気質〉humor となり、その結果さんざん悪態をつくも、ひと声かけられると、たちまち素直になる少年のイメジが引き出される。こうした〈ユーモア〉humor、神の前で人間は無に等しいと自覚するキェルケゴールの実存哲学の思想に近いと星野は考える(「イギリス・アメリカ詩のユーモア」)。

(40)〈菫色〉は星野の詩に繰り返しあらわれる色——〈すべてが菫色の薄明の底に沈んでいる　死者の都市〉(「Quo Vadis?」)、〈菫色の深い時間〉(「舟について」)、〈上もなく下もない　菫色縹渺の対流圏〉(「少年C」)、〈陽射を遮る菫色の気圏〉(「楽園」)、〈『荒地』の菫色の空に裂け弾ける都市〉(「果実について」)、〈菫色の太陽〉(「Ode C」)、〈菫色のランプ〉(「瞳B」)、〈菫色の光沢〉(「狐または」)。詩想の契機になったと想像できる『荒地』「火の説法」には、〈すみれ色の時間、目と背中が／事務机からはなれ、人間エンジンは待っている、／動悸を打ちながら待っているタクシーのように〉(岩崎宗治訳『荒地』(岩波書店、二〇一〇)）。またD・H・ロレンスの中編『死んだ男』には、アイシスの巫女を睡蓮の花にたとえて、〈滲透し溢れる光、死んで甦り、これ見よがしには照らない菫色の暗い太陽にこたえるのだ〉とある。

(41) 講演「イギリス十七世紀の形而上詩について」（一九八七年七月十一日、日本詩人クラブ例会）に用意された資料への書き込み――〈感情の pious simplicity は随一。また pun の名手。pun の作り方に潑剌たる wit のはたらきがみえる。また pun は argument が単調に傾くのを救う。pun には重い思想を軽みに包む、という両面の働きがある〉。〈潑剌たる wit〉の展開、〈argument〉の単調さの回避、〈重い思想〉の軽やかな表出を可能にする〈地口〉への意識は、緊密に構成された散文詩とは対照的な『Quo vadis?』の行分け詩や〈wit〉の横溢するライトヴァースへの展開にも関係するだろう。

(42) *The Works of George Herbert*, ed. by F. E. Hutchinson (Oxford, 1941).

(43) *The Metaphysical Poets. Revised ed*, ed. By Helen Gardner (Penguin Books, 1972)。アンソロジーに収められている群小詩人ジョン・ホールの「砂時計に寄せて」とエリオットの「プルフロックの恋唄」の関係から、エリオットが本歌取りの達人であることが示される（「砂時計からコーヒー・カップへ」）。

(44) *George Herbert and the Seventeenth-Century Religious Poets: Authoritative Texts Criticism*, ed. by Mario A. Di Cesare (W. W. Norton, 1978)。

(45)『オックスフォード英語辞典』*Oxford English Dictionary*（略称 *OED*）は、語義、語形変化、用例、初出、廃語など語彙の歴史的発展に関わる情報を包括的に記述した辞書で、英文学徒が第一に参照すべきもの。英文学者・星野徹の姿を彷彿とさせる一節――〈ふとしたでき心であったろう／W・H・オーデンが Lord Lobcock と書き留めたのは／お陰でこちらはOEDと首っ引き／それが　廃語の蜘蛛とまだ生きていて時をつくる／雄鶏との　合成語であったなんて〉（「一九八九年」）。星野のオーデン論に、「W・H・オーデン覚書」と「エアリエル支配型とプロスペロー支配型」がある。

(46)〈ハッチンスン版のrodeは〈道路〉と〈十字架〉にかけた、いかにもハーバートらしいウィッティな地口なのだ。後の方の意、もしくはイメジが二十五行を飛んで、〈おのれの要求を満たすのを／構えて避ける者など／重荷を担いだらいいんだ〉というキリストへの揶揄に結びつき、地口は作品の構造にかかわってくる〉（『白亜紀』一〇三号「編集後記」）。

(47)〈蛍〉のように儚く、この世を去った〈祖母〉の死に、〈生臭いひかりの痕跡をわたしのてのひらに残して〉という共感覚を通し、〈生への怨念のごときもの〉を重ねているところに、同じように、ある日突然、家族を残して逝った父親への無念さと、その喪失感が感じられる。

(48)『マクベス』第二幕第二場――〈ネプチューンが司る大海原の水を一滴残らず使えば／この手から血をきれいに洗い流せるか？　駄目だ、逆にこの手が／七つの海を朱に染め、／青い海を真紅に変えるだろう〉（松岡和子訳『マクベス』（筑摩書房、一九九六））。

(49)“Bashō 41”（「芭蕉四十一」）。北林光「ネオ形而上詩人としての星野徹」（大東文化大学語学研究所『語学教育論叢』第六号（一九八九）には、北林による“Grandma”（「祖母」）、“The Demon of the Night”（「夜のほほづき」）、“The Spooks”（「村」）のほか、“Bashō 15”（「芭蕉十五」）、“A Lantern Plant”（「ほほづき」）、“Horn”（「角」）と全部で七篇の英訳が収められている。

(50)芭蕉の句を作品末尾に据える形について星野は、〈長歌と、それに対する反歌との古典的形式を、できうれば現代詩の上によみがえらせてみたいという願望から工夫されたもの〉と説明する（『芭蕉四十一篇』「後書」）。『PERSONAE』（一九七〇）と『花鳥』（一九七四）に顕著な〈劇的独白〉から、この〈長歌反歌の形式〉への移行を考えるとき、エリオットのことばが参考になる――〈しかしこれまで英語で書かれた最も興味のある詩は、弱強五歩格のような非常に単純な形式を用いながら絶えずそこから遠ざかるか、あるいは全く形式を用いないで非常に単純な形式に絶えず接近するか、どちらかによって書かれている。固定と流動とのこの対照、単調さの気づかれざるこの回避こそ、実に詩の生命である〉(「自由詩についての考察」)。

(51) エリオットは、〈フリー・ヴァース/自由詩〉は消極的にしか定義できないと考えるが(「自由詩についての考察」)、一般的には脚韻、韻律、連形式などの規則性にしばられずに、音楽的な内的リズムを重視する詩と説明される。

(52) 〈無韻詩〉blank verse ともいうように、英詩の基本的詩行(弱強五詩脚)を、脚韻を踏まずに(ブランクにして)連ねる表現。十六世紀イタリアに始まり、イギリスではシェイクスピア、ミルトンで完成をみた。

(53) チューリッヒ大学日本学名誉教授エドゥアルド・クロッペンシュタインは、〈言葉やモティーフは、くり返す事によって強調され、徐々に異なった関係へと導かれて行きます。輪つなぎのような仕方で、最後にはまとまった概念の網細工が出来上がるのです〉と、星野の〈詩的統一を生むための手法〉を高く評価する(E・クロッペンシュタイン「現代詩と俳句との対話――星野徹『芭蕉四十一篇』」)。クロッペンシュタインは、日本文学作品を数多くドイツ語に訳し、〈スイス及びヨーロッパにおける日本文化、日本文学の普及に寄与〉した功労により、二〇一〇年、旭日中綬章を授与された。主要著作に、大岡信たち日本詩人との『ファザーネン通りの縄ばしご――ベルリン連詩』(岩波書店、一九八九)、『ヴァンゼー連詩』(岩波書店、一九八七)がある。

(54) ダンに〈機知の王〉monarchy of wit の称号をあたえた詩人トマス・ケアリ(一五九五―一六四〇)は、ダンの死を追悼して、〈豊かに広がる想像の鉱脈〉を開き、〈男性的表現〉masculine expression による詩行を引き出したことを称揚した後で、その〈大きな想像力〉を囲むのは、〈ことば〉の〈固く厚ぼったい箍〉tough thick-ribb'd hoops だと続ける(「聖ポール寺院司祭ジョン・ダン博士の死に寄せる悲歌」"An Elegie upon the Deathe of the Dean of Pauls Dr. John Donne")。

(55)〈同じ言葉を繰り返して作〉る〈散文詩の文体〉を考えるうえで、そこに〈言葉が、類推の糸によって僅かずつ変化していく過程〉を読み取る武子和幸のことばは有益――〈類推の糸をたどって言葉を積み重ねていくこととは、共通する部分以外の領域だけ意味は拡がり、重なって、イメジは変形し、その重なるイメジの周囲に暈のように意味の層が拡がってゆくことになる〉(武子和幸「時空不連続の詩学」『イェイツの影の下で』(国文社一九九八))。星野自身の考えを求めるなら、たとえば「城6」で展開する思考――〈観念の構築物〉である〈城〉、すなわち詩の形象化を支える〈石〉に不可欠なものは〈不均一なずれ　不均一な差異〉であり、〈城〉は、したがって、〈無量の差異の集約された形として聳える〉。

(56)〈散文詩のはなはだしい盛行は、日本に特有の現象であるように見える。それにはやはりそれなりの理由があるだろう。明治以降の、新体詩の音数律定型からの脱出を求めて口語自由詩へ、口語自由詩の行分け形式からのさらに脱出を求めて散文詩へという経過は、いやが上にも言語表現の自由を、言語の存在や機能の認識の拡大によって支えられながら、ひたすら求めてきたことの避けられぬ結果であったろうから〉(「エリオット、オーデンの散文詩」)。

(57)一九六六年に星野のほか、下山嘉一郎、中崎一夫、松林尚志、山口ひとよを同人として創刊された詩誌。一九八九年、四十四号で終刊。創刊号に星野は「額田王」と「方舟」のエッセイを寄稿しているが、『白亜紀』と並んで詩的営為の重要な場となり、『PERSONAE』から『城その他』(一九八七)に結実する秀作が書かれていく。

(58)笠井剛(一九三一－二〇一五)。「方舟」、「嶺」(日本キリスト教詩人会)に参加。詩集に『森の奥で』(一九六六)、『同じ場所から』(一九八三)、『続きの夢』(一九九一)、『フォルム』(一九九七)、『庭の情景』(二〇〇一)。

原体験を求めて

ご紹介いただきました星野徹でございます。先日、このクラブの賞[1]を光栄にも頂戴することができまして、たいへん嬉しく思っております。授賞式後の二次会の席で講話を頼まれまして、「原体験を求めて」という題を出して下さいました。今日は、そのテーマをめぐって考えながら話してみたいと思います。たいへん立派な先生方がおいでのところで、本当にどうも恥ずかしく思います。

「原体験を求めて」という題でございますが、二つのフレーズからできております。〈原体験〉という言葉と〈求めて〉という言葉です。この二つの言葉が合わさって、「原体験を求めて」というテーマになるわけですが、それでは、この〈原体験〉とはどういうことか。〈求めて〉、つまり〈求める〉とはどういうことか。そういうところから入っていきたいと思います。

＊

〈原体験[2]〉という言葉がいつ頃から使われ始めたのか、ほぼ第二次大戦後、それも昭和三十年代頃からではないかという印象を受けております。人によって〈原体験〉という言葉の使い方が違うわけですが、たとえば広島の原爆が、その後の文学活動の〈原体験〉だという人もあるかと思います。あるいは亡くなられた石原吉郎[3]さんのように、シベリアでの抑留、強制労働に従事した経験が、石原さんの詩人としての生き方の〈原体験〉だという場合もあろうかと思いますが、こうした例は特異な例ではないかという印象を抱いております。もっと一般的な意味で、経験の原型となるものを〈原体験〉という言葉で意味しているように思います。

私たちは文明社会に住んでいるわけですが、文明が進歩すればするほど複雑になります。したがって、社会そのものも複雑化してきます。そこに住んでいる私たちの経験も複雑化、多様化し、非常に煩雑化してまいります。そのような煩雑化した経験を、ばらばらで統一されないまま、私たち一人ひとりがしていることが多い[4]。そこから文明病というノイローゼ——一種の神経症ですが——も出てきております。私たちの願望としましては、複雑化、多様化、煩雑化して断片化した経験を収斂し、統一し、あるいは秩序のようなものを与えることはできないか。つまり一人の人間として、人格として、あるまとまりを持った生き方をするには、何かそういうものが必要ではないか。その願望から〈原体験〉に関心あるいは興味が向かったのではないかと思います[5]。その場合の〈原体験〉とは、複雑な経験を収斂するものですから、もう少し単純な、この文明社会が出現する以前の未開文化あるいは原始時代、そういうところに求められる経験を原型として、私どもの経験が収斂されるなら、という願望を抱くのではないかと思います。そういう意味で、この〈原体験〉という言葉は使われているように思います。

このような意味での〈原体験〉が、広く現代人の関心を引くようになった背景には、二つの因子が働いているように思います。一つは深層心理学。もう一つは文化人類学。深層心理学といいますと、フロイトとかユングの心理学でして、それから文化人類学といいますと、ジェイムズ・フレイザーの『金枝篇』[6]というものが思い浮かびます。そして〈原型〉という言葉は、深層心理学のユングが、心の構造を考えるうえで用いた言葉だろうと思います。それから〈祭祀〉という言葉は、文化人類学から一般化された言葉だろうと思います。この二つの学問が、比較的一般に知られるようになり、私たちの毎日の経験の〈原型〉として、未開文化あるいは原始時代に、その〈原型〉を求めるという興味が喚起されたのではないかと思います。

ユングの心理学ですと、すでによく知られておりますように、心の構造を意識の部分と無意識の部分とに分け、さらに無意識の部分を〈個人的無意識〉、それからその下で、〈個人的無意識〉を支える〈集合的無意識〉という構造を考えます。[7] これは一つの仮説ですが、こういう仮説を立てることによって、心理現象が具合よく説明されるというところで、妥当性を持つ仮説だろうかと思います。ユングの考えによりますと、この〈集合的無意識〉とは、私たちの民族あるいは人種が、これまでに経験してきたある経験のパターン、その名残りのようなものが沈積してできている。これは何らかの外的な刺激を受けると、ある情緒として意識の上に表出してくる可能性がある、というようなことをいいます。

一方、文化人類学、たとえば原始宗教の比較研究の成果であるフレイザーの『金枝篇』の場合ですと、世界中の民族の例を集めて比較し、未開あるいは原始時代の宗教生活から、あるパターンを帰納してくるわけですが、ユングが仮説とした〈集合的無意識〉は、民族なり人種なりが、何千年か何万年かの昔から経験した、その経験の型が沈積してできたものだとすると、〈集合的無意識〉の内容そのものが、文化人類学の研究によって突き止められるという面がございます。このようにして、〈原体験〉とは何かという興味の方向にアプローチする方法が浮かび上がってくるわけです。[8]

〈原体験〉を〈求める〉ということは、このフレーズを考えてみますと、二つの立場があります。研究・批評の立場から、文学作品に経験の〈原型〉となる未開原始の〈原体験〉を探っていく立場です。もう一つは創作者の立場です。文学作品を、つまり私どもですと詩を書くことを通じて、直感的に〈原体験〉を探り、反映させる。あるいは、文化人類学の研究成果を手がかりにしながら、さらにもう少し深く追究していく。

この二つの立場があろうかと思います。

＊

研究・批評の立場から文学作品に〈原体験〉を探る方向が出てきたのは、かなり早いんです。たとえば、イギリスのギリシャ学者ギルバート・マレー。[9] *The Classical Tradition in Poetry* を書いておりますが、この本は一九二七年に出ています。そしてマレーは、今申しました立場から、経験の〈原型〉となるものを探る仕事をしております。本の題をこのまま訳しますと、〈詩における古典的伝統〉となりますが、概ね〈古典〉という場合、イギリスを含めてヨーロッパでは、ギリシャ、ラテンを意味するわけです。主として、この場合はギリシャを意味するわけですので、〈詩におけるギリシャ的伝統〉と意味内容はなります。こういう方向の研究・批評が、その後〈神話批評[10]〉と呼ばれるようになりました。あるいは〈原型批評〉ですね。そういう意味で、このマレーの本は〈神話批評〉の先駆になった内容のものだと思うのです。

その中でマレーが行っている一例を申します。シェイクスピアの『ハムレット』を分析していくわけですが、どういう面から分析するかといいますと、『ハムレット』を構成する経験のパターンを取り出そうとするわけです。その経験のパターンは、主としてプロットに現れている。しかし、どう捉えるかによって、そのパターンも変わってくるわけですが、マレーは自分の専門分野であるギリシャ悲劇、アイスキュロスの『オレステイア[11]』と比較しながら捉えていきます。

ハムレットの父王は、叔父クローディアスに暗殺されます。眠っているときに耳から毒薬を流し込まれて。そういうことで、父王の亡霊がハムレットに祟る。一方、母ガートルードは、クローディアスと親しくなり、婚礼をあげる形勢になってくる。ハムレットはそういう母を非常に罵ります。ハムレットは煩悶し、逡巡した挙句、叔父を倒すことになります。ここから抜き出される経験のパターンは、ハムレットの父が叔父クローディアスに倒され、クローディアスはハムレットが倒す。一方、ガートルードは、ハムレットの父が亡くなったのち、王位を継いだクローディアスと親しくなる。こういうパターンが抜き出されます。これは、『オレステイア』のパターンと非常に近い。全く重なるといってもいいパターンであることを示しています。『オレステイア』では、トロイ攻略戦にギリシャ軍の総指揮官として、王アガメムノンが出陣するわけですが、アガメムノンが留守の間に、その妃クリュテムネストラは別の男性と親しくなる。アイギストス。そして留守の間に二人で謀を巡らせて、首尾よくトロイを攻略し、凱旋したアガメムノンを謀殺してしまう。それを今度は、アガメムノンの息子オレステスが、アイギストスを殺し、さらに母親まで殺してしまう。この後、オレステスは、母まで殺したことから、復讐の女神エウメニデスに追跡され、発狂したような状態でアポロンの神殿に駆け込み、そこで裁きを受けて罪を逃れることになります。アガメムノンをアイギストスが謀殺し、アイギストスをアガメムノンの息子オレステスが殺す。オレステスの母クリュテムネストラ[12]は、むろんアガメムノン[13]の妃ですが、別の男性・後継者アイギストスと結ばれていく。こういうふうに見ますと、二つの劇の経験のパターンは、ほとんど重なるほど同じ型を示しています。

マレーは細かい手続きを経て、二つのパターンが重なることを示し、このパターンは豊饒祭祀(農耕儀礼といってもいいものですが)で取られる手順に符合するというわけです。穀物の豊作を祈るというより、その状態を招き寄せたいという呪術的なお祭りですね。この農耕儀礼には、大きく三つの手順があります。穀物神が老いてくると、この王に取って代わろうとする敵が現れる。敵との争い。これは〈アゴン〉と申します。老いた神が敵に傷つけられて倒れ、やがて死ぬ。これが〈パトス〉です。やがて死んだ穀物神が、その神自身か、多くはその息子の姿ですが、甦る。復活の認知があります。〈アナグノリシス〉。この三つが農耕儀礼の主な内容のようです。

ハムレットの父が、敵対者であるクローディアスに倒され、やがて死んだ父王は、息子ハムレットに乗り移ったようにして、この叔父を倒します。アイスキュロスの劇の場合も、そういうことがいえるわけです。農耕儀礼の手順に、二つの劇のパターンが符合するところから、マレーはハムレットとオレステスは、それぞれ死んだ神の甦った姿であり、新しい春の神の性格を備えていることを、その結論でいっております。『ハムレット』では、ハムレットの母ガートルード。『オレステイア』では、オレステスの母クリュテムネストラ。一見、非常に節操のない二人の女性は何かといいますと、マレーは豊饒の女神だと。西脇順三郎先生の詩に〈豊饒の女神〉[14]という言葉が出てきますけど、あれです。このマレーの残した研究自体、たいへん私などには興味があります。

『ハムレット』に近い経験のパターンを示しているのでは、同じシェイクスピアの劇では『マクベス』があります。『マクベス』の場合、スコットランド王ダンカンが、マクベスによって謀殺される。謀殺したマクベスは、ダンカンの息子マルコムによって復讐され倒される。『オレステイア』に近いものをギリシャ悲劇に求めますと、ソフォクレス[15]の『コロノスのオイディプス王』[16]があります。オイディプス伝説に付随したものですけど、こういうものが思い浮かびます。

マレー自身は言っていませんが、シェイクスピアの他の劇、また古典ギリシャの他の作家の劇を考えますと、こういうことも言えるのではないか。マレーの研究に、フレイザーの『金枝篇』を傍証として持ってくると、どういうことになるかと。マレーは、あまり『金枝篇』を利用していませんが、多少面白いニュアンスが、そこに絡まってくると思います。[17]

『金枝篇』の第一章は「森の王」です。そこにこういうことが出てまいります。イタリア、ローマ近郊にある、ネミの湖のほとりに伝説があった。フレイザーは、この伝説をまず語ります。ネミの湖は〈ディアナの鏡〉と呼ばれ、この湖の近くにディアナの住む森、〈聖なる森〉がある。その中心にブナの大木が立っている。この木はディアナのシンボル。日本でいいますと、神の霊の依り代となる御神木のようなものでしょうか。この木の守護者が、ディアナを祀る司祭者であり、同時にこの地方の王であった。

この司祭者兼王は、ディアナを祀り、同時にディアナの配偶者でもあるわけです。祭をする権利を持っている。同時に祭をすることで、その地方のまつりごと、政治を行う。古代では、どこでもそうでしょうが、祭政一致ということだと思います。司祭者兼王は後継者によって次々に倒される。司祭者の継承権は流血によって手に入れられる。こういう伝説を紹介した後で、フレイザーは、ディアナは豊饒の女神であり、この女神の豊饒性、多産性を常に保つには、ディアナの配偶者である司祭者兼王も若々しくなければいけないので、若い後継者に取って代わられる必要があったと述べています。

では、老いた王に挑戦するのは誰でもいいかというと、そうではありません。これには資格がある。聖なる木、聖樹、神木ですね、その一枝を折り取ることができた者が、挑戦する資格を得られる。この神木、聖樹の一枝は〈金の枝〉と呼ばれたと説明されます。フレイザーの原始宗教の比較研究の著作が、〈金の枝〉から名称を与えられているわけです。実際には〈金の枝〉は、他の樹木とは性質や形状の異なる枝だと思われます。たとえばヤドリギであるとか、そういうことですね。とにかく、ディアナという豊饒の女神を祀る司祭者の交代の様式は、『ハムレット』と『オレステイア』から抜き出した、王が次々に後継者によって倒されるパターンと符合します。それから、前王の妃であった女性が次の王と結ばれるパターン、これも符合します。

マレーの研究とフレイザーのこういうところを付き合わせますと、その根底には、やはり豊饒祭祀の手順があったのではないかと想像されます。老いた神と敵との戦い、〈アゴン〉。老いた神が敵に傷つけられて死ぬ受難、つまり〈パトス〉。それから、老いた神が若い神の姿で甦るその認知、〈アナグノリシス〉。これが一番根底にあって、そこからネミ湖畔の伝説ができた。一方、やはり豊饒祭祀のパターンが、ある面で拡大・変形して、もう一つの伝説ができて、それにもとづいたのがアイスキュロスの『オレステイア』であり、その型が『ハムレット』にまで生き延びることになったのではないかと想像されます。

マレーの研究そのものではなく、私の判断もずいぶん入りましたが、『ハムレット』という近代の劇作家の作品の底に、意外にも古い時代のギリシャ悲劇と共通のパターンをなしている。さらにもう少し分け入っていくと、〈原体験〉といえるところに行き着くことがわかります。〈神話批評〉というのは、このような方向で文学作品にアプローチするわけですが、私が加えた注釈を除いても、マレーの研究は、〈原体験〉を求める〈神話批評〉の先駆けになった仕事ではないかと考えられます。

マレーを含め、その他にジェイン・エレン・ハリスン[18]など何人かの学者がおりまして、ケンブリッジ古典人類学派[19]と一時呼ばれていたようです。ケンブリッジ大学に本拠を置いて、古典ですからギリシャ学、ギリシャ研究に人類学を応用する。マレーとかハリスンの仕事を見ますと、日本で一番近い仕事といえば、折口信夫博士[20]の仕事が思い浮かぶわけですが、残念ながらイギリスの学者たちの方が、年代的には一歩先んじていた面があるようです。

その後、〈神話批評〉はどうなったかと申しますと、第二次大戦後ですが、カナダのノースロップ・フライ[21]が、別の観点から大きく展開する仕事をしています。フライは、神話と文学をどう結びつけるか、そういうところから出発し、こう考えます。三段論法を使いますが、いろいろなところに、この原理的な考え方が入っています。一つは、文学とは何かということを考えます。文学とは、言葉によって非人間的世界に人間的な意味を与え、また非人間的世界を人間的に想像力によって変形するもの、これが文学だと規定します。「想像力によって」、「言葉によって」というところを括弧に括ると、文化とか文明というものも、このような営みに入ります。フライはそういうことも含めて言っているわけです。これが第一段階です。

第二段階は、神話とは何か。神話は神々の行動を扱うわけですが、この神々の姿には、自然力と人格が同一化されていると考えます。自然力というと、一般には自然の人間に対する力ですね。非人間的世界です。これと人格が合体し、同一化されているといいますと、非人間的世界である自然力に、人間的な意味が与えられることになります。これが第二段階です。したがって、文学は神話の直系である。ちょっと飛躍しすぎるようですが、そういうふうに論をもっていく。そこから批評の目的は、神話的原型を底辺に据えて、その上に文学の全体像を構築することだと述べます。

ここで批評と申しましたが、実は日本で文芸批評というのは、文学研究とかなり違います。二つのジャンルとして、かなりかけ離れているという印象があります。実際に行っている人も、重複する場合もありますが、大概別々の人が行っています。しかし英米の場合、どちらも〈クリティシズム〉という言葉で包括されます。私どもの考える、いわゆる文芸批評に該当するものは、〈ジャーナリスティック・クリティシズム〉といいます。これは作品の価値判断を行います。それから価値判断を行わずに、実証的研究を行うのは、〈スコラスティック・クリティシズム〉といいます。どちらも〈クリティシズム〉ですが、フライは後者です。

そしてフライの仕事は、従来の実証的研究ともちょっと違います。今申したように、神話的原型を底辺に据えて、その上に文学の全体像を構築しますが、その際、対象にするのは作品だけです。作者は全然入ってきません。つまりマレーが行ったように、劇作品である『ハムレット』と『オレステイア』との比較ですね。共通のパターンを抜き出して、その奥にあるものを追究していくわけです。ヨーロッパ、あるいはアメリカの文学の場合、ギリシャ以来となると思いますが、そのギリシャ以来の全文学作品を、このような方法で取り扱っています。しかも、作品と作品との間に共通のパターンをつかみ出し、それを神話的原型にのせて、統一ある全体像を構築していきます。これは現在進行中ですから、フライ一代でできるのかどうかわかりませんが、このような方法で〈神話批評〉が、また別の大きな展開を見せています。

「原体験を求めて」の〈原体験〉の意味と、その〈求める〉立場には二つあるということで、研究・批評の立場から、主として私の考えも加味してマレー、それからフライに触れました。もう一つは創作の立場から、文学作品を書くことによって、その作品の上に〈原体験〉を反映させていく方法があります。私たち詩を書いている人間の立場でもあります。ここで思い浮かぶのは、T・S・エリオットの『荒地』[22]、それから劇作品です。『荒地』の題そのものは、中世の聖杯伝説に現れる〈荒廃の土地〉です。第一次大戦後に書かれたことで、現代的な意味もそこに二重映しになっているのではないかと思います。『荒地』については、すでに何人もの人が書いていますから、ここでは劇を一つ。

たとえば『一族再会』という劇があります。これは、マレーが『ハムレット』と比較対照して分析した『オレステイア』を下敷きにしています。主人公はハリーといいますが、オレステスの面影を背負っているような人物です。ハリーの母親エイミーは、さながら豊饒の女神。クリュテムネストラほど悪い母親ではありませんから、クリュテムネストラ、あるいはガートルードと重ねてしまうのは気の毒な気もしますが、やはり豊饒の女神の面影を留めています。この劇に現れる筋といいますか、テーマそのものは、ハリーが贖罪によって新しい生き方を求めるという、かなり宗教的な、それもキリスト教的なテーマを前面に押し出していますが、この底にはもう一つの経験のパターンが流れています。そのような形で、この劇は作られています[23]。

エリオットは、ギリシャ劇を『一族再会』の下敷きに用いることによって、さらにその底に、たとえば豊饒祭祀の〈原体験〉をも、この劇を見る人、あるいは読む人が感じ取る可能性を持たせたのではないかと考えられます。神話を底辺に据えて、その上に『荒地』でも『一族再会』でもいいですが、現代的な経験を表現する。表現するというより、神話的原型を底に据えることで、煩雑な現代的経験に統一を与える。芸術的な秩序を与える。つまり、芸術作品に変わる。このよう方法を、エリオット自身、〈神話的方法〉と呼んでいます。[24] ですからエリオットは、『荒地』の場合も、『一族再会』の場合も、この方法を意識して用いたのだろうと思います。そして『一族再会』の場合、『オレステイア』を下敷きに用いたことについては、私の推測では、マレーの研究をエリオットが読んで、そこからヒントを受けたのではないかと感じられます。こういうところも詳しく見ていきますと、研究テーマとして面白いわけですけれども、あまり深入りしても……。[25] それよりも、私が研究・批評する立場として、現代の日本の詩人が書いている詩を対象に〈原体験〉を〈求める〉となると、どういうことになるか。やはり少しでも触れなければ、どうも具合が悪いのではないかと思いますので、次に今見ましたイギリスの学者たちのアプローチの方法で現代詩を扱うと、どのようになるかという、そちらに入ってゆきたいと思います。

*

私はこういう方向で、今まで仕事をしておりまして、『詩と神話』とか、先ほどご紹介いただきました『詩の原型』とか、そういう論集にまとめておりますが、『詩と神話』に収めた評論を書くときに、実はマレーやフライの仕事は、まだわからなかった。読んでもいませんで、手探りでやっていたのですが、気がついたら海の向こうに先輩がいて、もっと大きな仕事をしていることが、だんだんわかってきました。[26] それからは少し失望したこともあり、くたびれてきたこともありまして、最近は、そういう仕事を以前ほど一生懸命にはやらなくなってしまったわけです。それにしても、神話批評は今でも私の興味の範囲にありますので、それを現在書かれている日本の詩人に当てはめてみたいと思います。

和田徹三の「笛」という八行の短い作品です。これは昨年度の日本詩人クラブ賞になりました『和田徹三全詩集』、あの中に『虚』という詩集が収められてありまして、その中に出てきます。二行連句になって、二行ずつで行間がある八行の詩です。

笛

目をつぶると　おれは一管の笛だ。
両端のはては　いつも暗くけむっている。

内壁をとかした　微量の死をただよわせ
時間はせせらぐ　ほそぼそとせつなく……

舎利弗など十人　汚れた川を渡ってゆく
つまずいたりころげたり　豆粒のように

樹氷に似た花が　一斉にはじけ咲き

あたりは　よいかおりで満たされる。

〈目をつぶると　おれは一管の笛だ〉。この詩人の存在を〈笛〉と表現しております。そして〈両端のはては　いつも暗くけむっている〉といっておりますから、〈一管の笛〉である詩人の存在。しかし〈両端〉は〈けむっている〉。つまり無限の時間・空間が、〈一管の笛〉という存在に内包されていることを、この二行から感じます。次の二行は、〈内壁をとかした　微量の死をただよわせ／時間はせせらぐ　ほそぼそとせつなく〉。〈内壁〉とは、〈一管の笛〉である肉体、その〈内壁〉でしょう。最初の二行から続けて読みますと、一本の〈管〉としての詩人の肉体のありようが、ここから連想されます。そこに何か病気でもあるのかもしれません。〈内壁をとかした　微量の死をただよわせ〉とあります。この肉体である〈管〉の中を〈時間〉がせせらぎのように流れていく。この四行からは、まず〈笛〉として、それから〈管〉として、詩人が自分の存在、あるいは肉体を考えていることがわかってきます[27]。

その次の〈舎利弗など十人　汚れた川を渡ってゆく／つまずいたりころげたり　豆粒のように〉。〈管〉である肉体の中を〈時間〉のせせらぎが流れています。これを拡大鏡で見ますと、〈川〉でもある。さらによく見ると、〈舎利弗〉、釈迦の十大弟子ですね、これが〈つまずいたりころげたり〉しながら、〈豆粒のように〉渡っている。すると、この〈川〉は聖なる川、ガンジス川でしょうか。このような連想もここに絡まってまいります。この〈管〉は、かなり大きな存在になってきます。最後の二行、〈樹氷に似た花が　一斉にはじけ咲き／あたりは　よいかおりで満たされる〉。これは何だろうか。非常に救われた感じがいたします。涅槃なるものの象徴かもしれません。〈管〉の中には、ガンジス川も流れているようですし、涅槃なるものもあるようです。そうすると、最初に〈一管の笛だ〉と規定したところから、少しずつイメージが拡大して、超越的な〈管〉というイメージが誘発されてくるようです。この〈管〉には涅槃まで含まれる。これは短詩ですが、非常に形而上的な趣向を凝らした、大きな想像の世界を含んでいる詩ではないかと思います[28]。

人間を〈管〉として規定する象徴の仕方。実は北村太郎[29]さんの「雨」という詩に、ちょっと出てきます。

何によって、
何のためにわれわれは管のごとき存在であるのか。
橋のしたのブロンドのながれ、
すべてはながれわれわれの腸に死はながれる。

ここでは〈われわれの腸に死はながれる〉と、長い〈腸〉のような、つまり〈管〉のような存在として人間を捉えています。和田徹三の〈笛〉は、経験のパターンとしていいますと、北村太郎の「雨」に出てくる〈管〉と共通するところがあります。そこを何かが流れている。生命でもいい、死でもいい。肉体は一本の〈管〉であって、そこを何かが流れている。そういう経験のパターンで共通します[30]。

こういう〈管〉が日本の詩に昔からあったのかというと、どうもそうは考えられません。イギリスの哲学者で、T・E・ヒューム[31]という人がいました。イマジズムの運動に大きな影響を与えましたが、このヒュームが、やはり人間の肉体を〈管〉として規定している文章を書いています。第一次大戦で若くして死んでしまったので、生前は著書がありませんでした。ヒュームの影響を受けたハーバート・リード[32]が、『スペキュレイションズ』という本を編んで出版しました。その最後に「燃え殻」という章があり、「新しい世界観のスケッチ」というサブタイトルがついています。その中に出てきます。

個人的な魂のごときものは存在しないと言えるかも知れない。魂の個性は、魂を入れる肉体に、つまり管の形に依存する。

〈管〉は、"pipe"という単語を使っています。ヨーロッパの、主として私の場合はイギリスの詩ですが、英語で書かれた詩のイメージの〈原型〉を求めていきますと、『旧約聖書』にすでに出ていて、外見的にはそのバリエーションというかたちで現代詩に現れている例が非常に多いんです。『旧約聖書』には、盃、カップ、土の器、こういうもので人間の存在を象徴し、人間を何かを入れる容器として表現した例は、ずいぶんたくさん出てきます[33]。人間は土の器。非常に壊れやすいけれども、神の栄光を知る能力を与えられていると出てきます。そして『旧約聖書』からの影響で、日本では明治以後よく読まれたオーマ・カイヤムの『ルバイヤート[34]』にも出てきます。土で作られたもの、壺としての人間についての表現ですね。

では、人間を〈管〉として規定した例はあるかというと、実はそれにぴったりの例はどうも見当たりません。一つだけ近い例があります。『旧約聖書』で、"pipe"あるいは"pipes"といいますと、概ね〈笛〉です。楽器に用いている。「ゼカリヤ書」四章一一‐一四節に、たとえばこういう部分があります。

わたしはまた彼に尋ねて、「燭台の左右にある、この二本のオリブの木は何ですか」と言い、重ねてまた「この二本の金の管によって、油をそれから注ぎ出すオリブの二枝は何ですか」と言うと、彼はわたしに答えて「あなたはそれが何であるか知らないのですか」と言ったので、「わが主よ知りません」と言った。すると彼は言った、「これらはふたりの油注がれたもので、全地の主のかたわらに立つ者です」。

非常に奇怪なイメージが出てきます。〈燭台の左右に〉〈二本のオリブの木〉が立っている。その〈オリブの木〉に〈枝〉がある。〈枝〉の先に〈金の管〉がついている。そこから〈油〉が注ぎ出している。そういうイメージです。これは〈何ですか〉と聞くと、天使は〈これらはふたりの油注がれたもので〉、〈主のかたわらに立つ者です〉と。〈油注がれ〉、聖別されて〈二本のオリブの木〉になり、その〈枝〉の先に〈金の管〉がついているんです。超現実的なイメージで、私は非常に気味が悪い感じがするわけですが、私が見つけたのでは、これが近い例です。

〈金の管〉は、〈オリブ〉の〈枝〉の延長ですから、〈油注がれた〉人間にも間接的に関係しているだけのようです。人間の存在を〈管〉と規定するイメージではまだありません。〈オリブの木〉になっているというイメージが中心ですから。しかし人間が〈木〉になって、その〈木〉の〈枝〉に〈管〉が接続されている、あるいは人間の存在と〈管〉が近づいていくと、人間そのものが〈管〉として表現される可能性、そのほんのわずかな可能性ですが、それがここにあるような気がします。そしてこの〈管〉は、外形を見ますと、土の器、盃、壺、そういうものの底が抜けた形です。ですから見方によっては、たいへんアイロニカルです。逆に申しますと、人間の存在について、何かアイロニカルな視点が入ってくるとき、人間のある状態に関係した〈管〉のイメージに助けられながら、器のイメージの底が抜けることになるのではないかと考えられます。

ヒュームの世界観は、たいへんペシミスティックでアイロニカルです。ヒュームは、〈管〉として人間の肉体を規定しました。〈オリブの木〉に変じた〈油注がれた者〉、その〈枝〉の一部分になっている〈金の管〉、こういうイメージとヒュームの規定の仕方に、非常に距離があるわけですけれども、それをつなぐものといいますと、これは仮説ではありますが、人間の存在についてアイロニカルな視点が入ってきたとき、可能性としてあった「ゼカリヤ書」の人間の存在、人間のある状態に関係した〈管〉のイメージが一方にありますから、それに助けられながら、入れ物としての容器のイメージの底が抜けることになったのではないか、あるいは、それを抜いてしまったのではないか、というふうに考えられます。これはイメージの発展、あるいはバリエーションと見てもよいかもしれません。

そのように〈管〉として人間の存在、あるいは人間の肉体が規定されるとき、人間は長い腸、あるいは消化器官だけでできている存在になります。非常に生理的な、あるいは原始的な……。そういう意味では、イソギンチャクのような腔腸動物に、人間はイメージの上で近くなる。あるいはナマコのような棘皮動物に近くなるようです。和田徹三の「笛」は、そういう〈管〉のイメージを持ちながら、〈管〉のイメージを、もっと宗教的な面で荘厳なものに変形している。北村太郎の場合は、〈われわれの腸に死はながれる〉とありますから、〈管〉のイメージで規定される人間は、本当に腔腸動物か何かに近くなっているという連想を受けるわけです。

「管」という題の詩が、松林尚志[35]の『H・Eの生活』の中にありまして、これを次に検討してみたいと思います。散文詩で結構長いものです。

管（くだ）――北山泰斗氏に

いつのまにかかれはぼくのなかで長い紐状の管になっているのだ。ぼくの知らぬまにかれはよじれもがきながら伸び続ける。かれは一定した形のない入口も出口もない迷路のような軟体性の管なのである。

ことわっておくがかれは決して寄生虫でもなければぼくの内臓の一部でもない。疑いなくかれはぼく自身なのであって、かれをみつめることはとりもなおさずかれにみつめられていることに違いないのだ。ぼくが忙しければ忙しいほどかれは沈黙を守りながら独特の忍耐心と柔軟さをもってぼくの我儘に順応し続ける。そういう慎み深い習慣がいつのまにかかれを半透明で摑えどころのない軟らかな管にしてしまったのだ。かれは忍耐に見合うだけの長さと従順さに相応しい軟らかさを持ち合せている。軟体動物がそうであるようにどんな無理な姿態も受容れるし、どんな狭いところでも自由に通り抜けることができる。ところてんのように無防備であり続ける。かれは滅多に姿をみせることがないし、ぼくもかれにお目にかかることは稀だ。たまに蒼白く浮かび上るかれと邂逅するときまってぼくはやるせない気持になる。かれのさみしげな顔にはついぞお目にかかったことはないが、かれはぼくの粘膜のどこかにひるのように吸いついているかもしれないのだ。あるいは管の姿以外に顔は持ち合わせていないといった方が適当かもしれないのだ。かれを明るいところへ取出そうとしても間違いなく失敗するだろう。かれは羊水のごとき暗闇でなければ棲息することができないばかりか、少しの光でもす早く姿を隠してしまうのだ。そんなかれも夜になるとときどき謀反を起すことがある。それは終日禁欲的な日陰の生活を強いられているかれの、ぼくに対するせめてもの抵抗だ。かれは針金のような強さでぼくのなかでよじれもがきぎりぎりとぼくを絞めあげる。恐しい力で出口を求めて蠕動を始めるのだ。そんな時ぼくは眼ばかり見開いて油汗を流しながらこらえるほかは手がない。

先ほどの「笛」とは、ずいぶん趣きが違います。一度読んだだけでは、頭に印象付けられないかもしれません。ここには二人の〈ぼく〉が出てきます。一人の〈ぼく〉は、日常的な、合理的な生活をしている。あるいは打算的な生活をしている〈ぼく〉です。その〈ぼく〉の中に、反日常的な、反合理的な、あるいは反打算的な、もう一人の〈ぼく〉がいる。日常的な〈ぼく〉は人間の格好をしています。その中にいるもう一人の〈ぼく〉、これが〈管〉です。結局は、反日常的な〈管〉である〈ぼく〉が、日常的な人間の格好をした〈ぼく〉に反逆することを詠っている詩だろうと思います。〈かれは決して寄生虫でもなければぼくの内臓の一部でもない〉といってますが、この〈管〉のイメージは、何か大きな〈蛔虫〉のような印象を受けます。言葉とは不思議なものでして、〈寄生虫でもなければ〉といって、これを消すと、〈寄生虫〉のイメージが残像として残ってしまうんですね[36]。

内部に〈蛔虫〉のようなものがある存在として、実存的といいましょうか、そういう意味を与えられて存在するというのでは、たとえば村野四郎[37]先生の「秋の犬」があります。

けれども　おれは知っていた
永遠などというものは
結局　どこにも無いということ
それは蛔虫といっしょに
おれの内部にしか無いということを

こういう〈蛔虫〉のイメージが拡大されると、松林尚志の「管」の〈ぼく〉、〈管〉である内部の〈ぼく〉というイメージになるのではないかと思われます。このイメージは〈管〉ですから、生理機能とか生命機能としての存在という連想をかきたてます。その点では、自然的存在なんだろうと思います。日常的な〈ぼく〉は、自然的存在ではなくて文明的存在です。そうすると、ここで生命機能、生理機能としての自然的存在である〈ぼく〉が、文明的存在である〈ぼく〉に反逆するという一つのアイロニーが出てきます。たいへんアイロニカルな作品です。器の底が抜けたのが〈管〉のイメージとすると、器の底が抜けるにはアイロニカルな人間観が必要ではないかと申しましたが、この作品にはそれがよく当てはまる。和田徹三の「笛」にも、そういう人間観が、表面には出ておりませんが、根底にあるかもしれません。[38]

最後に一言だけ申しますと、先ほど名前を出しましたノースロップ・フライに、『批評の解剖』という本があります。この中でフライは、神話的な〈原型〉とは、いろいろな神話の類型を集約していくと、結局こうなるといっています。楽園の回復と楽園の喪失。楽園の回復は新生、甦りですね。それから楽園の喪失は死です。楽園の回復は自己同一性の成就で、楽園の喪失は自己同一性の喪失でもあります。これを両極として、その中にさまざまな濃淡があって、神話的な原型が当てはまる。

神話には四つの相があると考えます。楽園回復、自己同一性の成就、楽園喪失、自己同一性の喪失。両極の間を旋回するような形で、四季の循環に対応する形で、神話、伝承、あるいは文学には四つの相がある。春に相当するのが喜劇の相、夏がロマンスの相、秋が悲劇の相、それから冬がアイロニーの相と循環すると考えます。楽園回復は喜劇からロマンス、春から夏にかけて。楽園喪失は秋から冬にかけて。そして表面に現れる性格の違いは、喜劇、ロマンス、悲劇、アイロニーという形態で現れるといっております。

そうすると、〈管〉のイメージは、非常にアイロニカルな人間観が背景にありますので、楽園喪失、自己同一性の喪失の極点に到達したような状況に現れるのではないかと考えられます。冬の相ですね。冬であり、死。自己同一性の喪失。そういう状況に、このアイロニカルな〈管〉のイメージは多く現れるのではないか。現象としては、そのように考えられます。そして和田徹三作の「笛」には救いがあります。冬、アイロニーから、今度は喜劇ですね。新生、楽園の回復に向かっていく、そういう気配が見えます。宗教的な思想が背景にあるからですが、救済がそこではうたわれている。松林の〈管〉は真冬です。アイロニーそのものです。それだけに〈管〉のイメージが、ある実体感を持ちます。見方を変えれば、これは新しいリアリズムとも言えるかもしれません。どちらを好むかはその人の好みでして、フライは、〈スコラスティック・クリティシズム〉では価値判断を行わないと申しますので、私もどちらがいいとか、そういうことは言わないことにいたします。

「原体験を求めて」という題を出されまして、このように考えながら話をさせていただきましたが、私にこういう方面でまだ何か仕事をする余地があり、しかも緑の牧場があり、しかも仕事をするだけの気力があれば、何かやってみたい。私も実作者でありますから、今度は実作者の立場で、〈原体験〉を作品の上に反映させてみたいと考えております。

（一九八〇年七月十二日、日本詩人クラブ例会、昭和女子大学）

（1）一九八〇年、第13回「日本詩人クラブ賞」を詩集『玄猿』で受賞。〈高い知性を内包しつつ、散文詩としての叙述が緻密であり、その構造や方法に独自な発想が良く開花し、緊張度の高い詩的言語と優れた抒情に裏打ちされた形而上詩の世界を繰り広げている〉ことによる。

（2）文化人類学や民族学を援用し、ユング心理学が明らかにした経験の普遍相。星野はそれを、〈私たちの遠い先祖たちによって繰り返し経験された人間の運命や哀歓の平均値〉、あるいは〈汎民族的な集合的無意識の底に、幾世代にも亙って堆積され平均化されてできた経験の型〉と言い換える（「詩と神話」）。

（3）石原吉郎（一九一五－七七）。シベリア強制収容所の極限状態で石原が得たのは、〈人間的存在の根底にかかわる敵対関係、それを直視すること〉であり、石原にとって詩を書くということは、〈〈敵〉という不条理の観念を死者との連帯的象徴として現存させる行為にほかならない〉（「死者との連帯の風土」）。

（4）『荒地』「I死者の埋葬」の一節――〈きみにわかるのは／壊れた石像(イメージ)の山。そこには陽が射し／枯木の下に陰はなく、蟋蟀(こおろぎ)は囁(ささや)かず、／石は乾いていて、水の音はしない〉（岩崎宗治訳『荒地』（岩波書店、二〇一〇））に含まれる〈壊れた石像(イメージ)の山〉"A heap of broken images"は、文字通りに、救いからほど遠く、ひとつの世界像を結ぶこともできない現実の姿でもあるだろう。

（5）〈詩人は、言葉とものとの最初のふれ合いの状態、そのういういしい状態を目指し、一挙にそこに立ち還る。根源的な命名という行為を成就するためである。であるから詩人は、感覚的なものから離れて久しい言葉、表示能力を失った二次的三次的なシンボルにすぎない言葉を嫌忌する。それらの集積である文明を批判する〉（「陰喩的と原型的」）。

（6）ジェイムズ・ジョージ・フレイザー（一八五四－一九四一）。文化人類学者・古典学者。古代人の精神性を抽出するために、世界中の民族から蒐集した膨大な資料を比較して、巨視的かつ実証的に結論を導こうとした。主要訳書に、永橋卓介訳『金枝篇』（岩波書店、一九六七）、星野徹訳『洪水伝説』（国文社、一九七三）、江河徹ほか訳『旧約聖書のフォークロア』（太陽社、一九七六）、折島正司ほか訳『王権の呪術的起源』（思索社、一九八六）、永橋卓介訳『サイキス・タスク』（岩波書店、一九八六）、吉川信訳『初版金枝篇』（筑摩書房、二〇〇三）、青江舜二郎訳『火の起原の神話』（筑摩書房、二〇〇九）。フレイザーの星野への影響は詩論の随所に見られるが、とくに『洪水伝説』は詩的霊感ともなった――〈おお葦屋よ　葦屋／おお壁よ　壁／おお葦屋よ　聴け／おお壁よ　耳を澄ませ〉（「ウト＝ナピシュティム」）、〈わが裡に棲むギルガメッシュのため枝差しあげしまま立ち尽す〉、〈永遠に醒めざれ樹液めぐるわが冥き胎よりおおギルガメッシュ〉（「糸杉」）。

（7）〈個人的無意識は、その個人の出生以後の経験の内で意識の側から抑圧され、記憶の底に沈下した内容で成り立つのに対して、集合的無意識はその個人の出生以前の、幾一〇世代、幾一〇〇世代にわたる先祖たちの経験の中でくり返し体験された共通の経験、これの沈下した内容で成り立っている〉(「神話の精神分析」)。

(8)〈原型的イメジは魂の中に深く刻みこまれた河床に似ている。そこでは生命の流れが、これまで不確かなコースを模索しながら広いけれど浅瀬となって拡っていたものが、突然、奔流となることがある。この現象が起るのは、太古から原型的イメジの堆積にあずかって力があった特殊な状況に遭遇したときであって、その神話的状況が呼び起される瞬間は、常に異常な情緒的緊張によって特徴づけられる〉というユングのことばを引用し(「分析的心理学と詩的芸術との関係」)、星野は、〈詩人は常に、自己の内部にこの神話的状況が湧き起るのを、耳を澄まして待ち望んでいる人間〉であると説明する(「詩・政治・祭祀」)。この〈言葉や事物の背後から、究極の実在、原体験の遥かな記憶が立ち現れるのを待つことのできる能力態度〉は、ジョン・キーツの〈消極的能力〉negative capability の考えに重ねて説明される(「卵の座標」)。

(9)ギルバート・マレー(一八六六－一九五七)。古典学者。文化人類学の視点からギリシャ劇の祭祀的要素を見る方法を導入。多くのギリシャ劇の翻訳のほか、主要著書に、*The Rise of the Greek Epic* (1907)、*Five Stages of Greek Religion* (1925)、*The Classical Tradition in Poetry* (1927)。翻訳に藤田健治訳『ギリシア宗教発展の五段階』(岩波書店、一九四三)。

(10)神話批評/原型批評は、ニュー・クリティシズム以後、一九五〇年頃から浮上してきた批評方法のひとつで、文化人類学や深層心理学が明らかにした原型/原体験を個々の文学作品に探り、その表象の様相によって、すなわち普遍的な経験の型と詩的形象の有機的関連に作品評価の基準を設定する。

(11)アイスキュロス(紀元前五二五－四五六)。古代ギリシャの詩人。九十篇はあるという悲劇のうち、現存するのは七篇。『オレステイア』で描かれる、母親殺しの罪で復讐の女神エウメニデスに追われるオレステスの姿は、須佐之男の追放に重なる――〈どこから　どこへ　追われつづけるのか　おれ　いつから　いつまで　狩られつづけるのか　おれ〉（「須佐之男」）。このオレステスに須佐之男を重ねる主知的操作は（「詩的人生」）、エリオットの詩劇に読み取れる〈祭祀的パターン〉を意識した結果と考えられる。

(12) クリュテムネストラをモチーフにした詩篇といえば、W・B・イェイツの「レダと白鳥」“Leda and the Swan”が思い浮かぶが、星野にもクリュテムネストラとレダをモチーフにした作品がある――〈犠牲の季節がすこしずつ輪をちぢめてくる　輪の中であつくなるあたし　冷えてゆくあたし〉（「クリュテムネストラ」）、〈入れ違いに底から飛び立つものがあった　それは一羽の白鳥であったかもしれぬし　ゼウスの鍵型の舟であったかもしれなかった〉（「レダ」）。

(13) アガメムノンをモチーフとした詩的形象――〈アガメムノンとクリュテムネストラとのあいだに生まれた王子　父を謀殺したアイギストスはころさねばならぬ　たとい母の情夫であっても　しかし母の方は　彼はここでつまづいた　つまづきの石は思考の足取りをくるわせた〉（「オレステス」）。

(14) 『豊饒の女神』（思潮社、一九六二）。

(15) ソフォクレス（紀元前四九六－四〇六）。古代ギリシャの詩人。一二三篇書いたという悲劇のうち、現存するのは七篇。なかでも『オイディプス王』は、アリストテレスが『詩学』でも取り上げ、悲劇作品の典型とされる。

(16) テーバイのかつての王オイディプスが、放浪の末アテネ近郊のコロノスの森にたどり着いたところから始まり、その死までを描く。

(17) 『金枝篇』について星野は、〈『金枝篇』は、予言者の洞察力、シャーマンの共神状態、集団心理また思考の常識的カテゴリーの否定などについて、実に劇的な分析の実例で充満している〉というジョン・B・

ヴィッカリーのことばを引用しながら、〈文学作品の原型追及の手がかりを求めるには、フレイザーは資料の百科事典の観がある〉と説明（「原型的イメジ」）。

(18) ケンブリッジ古典人類学派の重要な学究ジェイン・E・ハリスン（一八五〇－一九二八）は、とくにその『古代の芸術と祭祀』によって、星野には詩的霊感であった。詩の集団発生説を批判する「詩の発生」は、ハリスンの説く芸術の祭祀的起源と結びついた集団発生説を契機にしているし、確かな詩的形象への導きともなった。松明に照らされながら、長い行列を従えて、祭神ディオニソスの神像が劇場へ運ばれるさまを描く箇所は（第一章「芸術と祭祀」）、想像の翼で星野を古代アテネの劇場に飛翔させることはなかったか――〈幻の葡萄は／幻のままに／ひとびとの生を未来へとつなぐ／ことしもまためぐりくる祭礼に／花咲く橄欖の枝を先導とし／石畳をゆく行列／国家はそのときずしりと重い血だ〉（「ディオニソス」）。主要訳書に、佐々木理訳『古代芸術と祭式』（創元社、一九四一／筑摩書房、一九六四）、星野徹訳『古代の芸術と祭祀』（法政大学出版局、一九七四）、舟木裕訳『ギリシアの神々』（筑摩書房、一九九四）。

(19) 古典学と人類学という異なる分野の研究を有機的に関連づけた学派。〈人類学的資料を裏付けとして用いながら、テクストのより深い意味づけ、字句や形象の底にひそむより深い経験、原始的な経験の層を解明してゆく〉（「J・E・ハリスン補足」）。主な学究として、ジェイン・E・ハリスンのほか、ギルバート・マレー、『祭祀からロマンスへ』で知られるジェシー・ウェストン、S・H・クックなどがあげられる。

(20) 折口信夫（一八八七－一九五三）。民俗学者・国文学者・歌人（釈迢空）。国文学を民俗学の観点から研究。神道学、芸能史でも独自の業績を残す。星野は、日本の現代詩の可能性を開く契機となる神話批評、その経験の原型の追求に、欧米の人類学に相当する民俗学の知見の導入を提案する（「詩と神話」）。たしかに星野のエッセイでは、たとえば「水の女」のように、その思考または展開において折口が重要な役割を担う例は少なくない。

(21) ノースロップ・フライ(一九一二-九一)。カナダの文芸評論家。主要訳書に、海老根宏ほか訳『批評の解剖』(法政大学出版局、一九八〇)、駒沢大学N・フライ研究会訳『同一性の寓話』(法政大学出版局、一九八三)、伊藤誓訳『大いなる体系』(法政大学出版局、一九九五)、中村健二ほか訳『世俗の聖典』(法政大学出版局、一九九九)、山形和美訳『力に満ちた言葉』(法政大学出版局、二〇〇一)、高柳俊一訳『神話とメタファー』(法政大学出版局、二〇〇四)。

(22)『荒地』について星野は、〈人類学が探り当てたところの原型的イメジの現代語への翻訳であり、神話類型の現代的状況への再適用〉と説明(「詩と神話」)。

(23) 詩劇は〈劇的パターン〉と〈下部パターン〉の二つの平面で同時に劇的アクションが起こる点で、散文とは違うとエリオットは考えたが(「ジョン・マーストン」)、星野はこの定義を前提に、ギリシャ劇を下敷きにした『長老政治家』の〈下部〉には、フレイザーが明らかにした豊饒祭祀の〈パターン〉があることを確認し、それを〈祭祀的パターン〉と名づけて、舞台上の〈劇的パターン〉との有機的関連性から、同じようにギリシャ劇に依拠した、その他の詩劇を評価する。『一族再会』については、〈罪の認識と贖罪という宗教的な主題を、現代風の貴族の応接間を舞台として表現したもの〉と説明される(「祭祀的パターン」)。

(24) エリオットは、「『ユリシーズ』、秩序、神話」の中で、ジェイムズ・ジョイスがホメロスの叙事詩『オデュセイア』を背景に『ユリシーズ』を書きあげた方法を〈神話的方法〉と名づけ、リアリズムに代わる新しい小説の誕生を評価する。そして、〈神話〉によって〈現代と古代との間の連続的対応を操作すること〉は、〈現代の歴史の不毛と混乱の厖大な景観を制御し、秩序づけ、それに形態と意義を与える方法〉と捉えられる。星野はまた、二十世紀初頭の〈科学的風土〉——アインシュタインやフロイトによって代表される――にふれ、この現在と過去を同じ印画紙に重ねるような思考を、〈時空連続体〉の世界観と説明する（「詩と科学的風土」）。〈神話的認識〉とは、星野によれば、したがって、〈現実の相、アクチュアリティをヴィヴィッドに追究しながら、アクチュアリティの背後にある原型をも同時にからめ取るときに成立する認識の在り方であり、リアリティ〉となる（「豊饒の女神」）。

(25) エリオットは、マレーによる『メディア』の英訳を批判しながらも、ケンブリッジ古典人類学派の科学的な業績を評価している――〈ハリスン女史、コーンフォード氏、クック氏が、ギリシア神話と祭祀の起源を探る著作ほど魅力的なものはない〉（「エウリピデスとマレー教授」）。

(26)「私の方法・一つのポイント」

(27)「笛」の冒頭二行を引用して「恩寵」は書き出される。〈宇宙空間に浮遊する／詩人の肉体〉を想起させる詩句から、同じように〈孤独な浮遊〉を始める〈わたし〉がたどりつくのは、〈しかし管にすぎぬものに何を叫べたろう／神に愛されるとは何と恐ろしいことであろう〉という実存的認識である。星野にも〈管〉のイメジで人間存在を捉える志向は早い時期からあった――〈裏返し裏返しつつ洗はむにわが生の管　管に棲む鳥〉（「狐」）、〈垂直に萌ゆるあしかび　われらこそアジアのしなやかな導管〉、〈樹液やや動きそめしかと耳澄ますひとときのわれ垂直の管〉（「冬の泥」）。

(28) このイメジが拡大して新たなイメジを誘発する、いわば〈イメジの弁証法〉は、イメジの〈対立、相剋の和解〉が〈絶妙な連想の流れとみごとな遠近法の操作によって成就される〉ものという（「存在論的な管」）。

(29) 北村太郎（一九二二－九二）。主要詩集に、『眠りの祈り』（一九七六）、『犬の時代』（一九八二）、『笑いの成功』（一九八五）、『港の人』（一九八八）、『北村太郎の仕事』（一九九〇－九一）、また自伝『センチメンタルジャーニー　ある詩人の生涯』（一九九三）。

(30)〈魂は、肉体という一本の管を通過する液体、水のごときものである。この思考を踏まえて、北村太郎は、生と死の流れる一本の管、それが人間という存在だ、というように表現したのだろう〉。そしてこれは、〈極めて現代的な感受性や思考のパターンを背景として成立している〉(「ペルセウスの楯」)。

(31) T・E・ヒューム(一八八三-一九一七)。批評家・詩人。一九一五年出征、一九一七年戦死。生前に詩、文学・哲学に関する論考を発表。遺稿はハーバート・リードが*Speculations*として出版。反ロマン主義的主張は現代の文学、思想に大きく影響し、イマジズムやモダニズムの理論的支えとなる。訳書に、長谷川鑛平訳『ヒュマニズムと芸術の哲学』(法政大学出版局、一九六七)、長谷川鑛平訳『塹壕の思想』(法政大学出版局、一九六八)。

(32) ハーバート・リード(一八九三-一九六八)。詩人・美術批評家。主要訳書に、田中幸穂訳『詩についての八章』(みすず書房、一九五六)、瀧口修造訳『芸術の意味』(みすず書房、一九五九)、大岡信訳『近代絵画史』(紀伊國屋書店、一九六二)、北條文緒訳『ハーバート・リード自伝』(法政大学出版局、一九七〇)、長谷川鑛平訳『見えざるものの形』(法政大学出版局、一九七三)、増渕正史訳『芸術と疎外』(法政大学出版局、一九九二)。リードと親交のあった和田徹三は、著書を翻訳するだけでなく(『H・リード詩集・夜の拒否』、『現代詩論』、『詩と詩論』、『フィーニクスの変容』)、その「形而上詩の本質」を敷衍して自身の形而上詩論を展開する(和田徹三『形而上詩論素稿』(沖積舎、一九八九))。

(33) 「ゼカリヤ書」の〈管〉は、〈人間の或る特定の状態、至福の状態を間接的にあらわすもの〉であり、『旧約聖書』や『ルバイヤート』の〈容器〉は、〈神との対比において直接に人間を規定するイメジ〉と星野は考える(「存在論的な管」)。

(34) 『ルバイヤート』は、星野にとって、恩師長谷川四郎(朝暮)の訳業『赤き酒』(一九五八)もあり、とくに身近に感じられたのではないかと想像される(「赤き酒」、「出会い・詩人星野徹の交遊録1」)。〈管〉のイメジを包摂する〈容器〉のイメジが、日本の近現代詩に位置づくうえで大きな役割を果たしたのが、聖書と『ルバイヤート』であったことが、〈壺〉のイメジの精緻な分析を通して明らかにされる（「壺のヴァリエーション」）。

(35) 松林尚志（一九三〇‐）。『H・Eの生活』（一九七六）、『木魂集』（一九八三）、『古典と正統』（一九六四）、『日本の韻律』（一九九六）、『斎藤茂吉論』（二〇〇六）、『芭蕉から蕪村へ』（二〇〇七）。

(36) 和田、北村、松林以外で〈管〉のイメジをふくむ詩例に、吉岡実「伝説」、岩田弘「土曜の夜のあいびきの唄」、中平耀「陥没地帯」がある。〈管〉のイメジが形成されたのは、それが〈現代の不安や混沌の中に置かれた詩人の、実存的な自己表現に最も適したイメジであったから〉と星野は説明する（「壺のヴァリエーション」）。星野自身の詩的形象として――〈われはいま硝子のうつは夕茜とあかねのごとき生を湛へて〉（「狐」）。

(37) 村野四郎（一九〇一‐七五）。主要詩集に、『体操詩集』（一九三九）、『抒情飛行』（一九四二）、『実在の岸辺』（一九五二）、『抽象の城』（一九五四）、『亡羊記』（一九五九）、『蒼白な紀行』（一九六三）、『藝術』（一九七四）。詩誌『無限』（一九五九‐八三）に掲載された星野の詩論すべてを閲読して、いわば詩壇に手を引いてくれた村野から、〈乳離れ〉していくときの屈折した星野の心情が「村野四郎覚書」からうかがえる。和田徹三は、村野から星野に流れるものを〈イメジ尊重〉と〈実存主義思想〉と考える（和田徹三「星野詩風についての断章」）。村野が唱えた〈実存〉について星野は、〈死に立ち向かう一つの態度、いわば生と死の境界線上の倫理〉と言い換えるが（「村野四郎覚書」）、たしかにそれは、星野自身のものでもあった。星野が村野と最後に面会したときの記憶は、「一九七四年春」に刻まれている。

(38) 〈北村太郎の管が、……多分に抽象的で、その意味では幾何学的であったものが、より複雑化し精緻化し、同時に拡大されながら作品的世界を覆うに至ったもの、それが一方では和田徹三の超時空的な笛であり、他方では松林尚志の深層心理的な蛔虫であった〉（「存在論的な管」）。

物と言葉

言葉は物と心をつなぐ橋である。従って、心は言葉という手段で物を認識する。認識される物、つまり対象は、第一次的には心の外の事物、第二次的には事物から抽象され、心の中にのみ存在する観念となる。第三次的、第四次的、第五次的……N次的に、観念から抽象される観念となる。そのとき言葉は、第一次的な物から限りなく隔たる。文明はそのような言葉、つまりシンボルの組織として成立する。そのような言葉は、人間の感情に、つまり人間の存在に直接に訴える力をもたなくなる。[1] これをT・E・ヒューム、サルトルは言葉の病気と考える。たとえば政治的演説。ここから、言葉の原初的在り方を再考察しなければならなくなる。

＊

『万葉集』巻第一雑歌、雄略天皇御製歌(おほみうた)——

籠(こ)もよ　み籠(こ)持ち　ふくしもよ　みぶくし持ち　この丘(おか)に　菜摘(なつ)ます児(こ)　家聞かな　名告(の)らせぬ　そらみつ　やまとの国は　おしなべて　吾(われ)こそをれ　しきなべて　吾(われ)こそませ　我こそは　告(の)らめ　家

をも名をも（一）

折口信夫『萬葉集講義』――〈人の名は今も種族によつては、たぶうであつて、之を人に知られることを避けてゐる。……女においては、名を人に知らせる必要はなかつた。又人に知られた時はその知つた人には、許婚せねばならなかつた。完全に征服せられた形になるのだ。だから、男性としては、求婚に當つて、まづ女性の名を問ひ出す必要があるのだ。名を聞く事が、同時に、結婚の成立を意味するのだつた。其には前提として、威力ある言語を以て、其を呼び出さねばならない。其詩章は卽、おのが家どころ・名を宣る事であつた。此名のりによつて、對者の心中の靈が搖り動されて、自ら應へるものと信じて居たのだ。だから、結婚は求婚者の「名のり」からはじまる。……結婚すれば、同時にその處女の齋く神は、其男の守護靈となるのである〉(2)。

＊

隠沼の下ゆ恋ふればすべをなみ妹が名告りつ忌むべきものを（二四四一）

大意――隠り沼のように人に知られず、心のうちだけで恋しているので仕方がなくて、妹の名を口に出した。つつしむべきことであるのに。

名はその名の示す人物と切り離せない。名を知る、つまり支配しわがものとすることは、その人物をわがものとすることであった。そこから遠隔の人の名を呼ぶことはタブーとされた。名を呼ぶと、その人の魂が肉体から脱して寄ってくる。その人に不吉なことが起こる、と信じられた。またそこから、遊離魂の信仰が生じる。肉体を脱した魂は他の事物に宿る。その一つに石があった。

*

海神の手に巻き持てる玉ゆゑに磯の浦廻に潜するかも（一三〇一）
海神の持てる白玉見まく欲り千たびぞ告りし潜する海人（一三〇二）

〈浦廻〉は浦の湾曲部。

大伴坂上大嬢、大伴宿禰家持に贈れる歌

玉ならば手にも巻かむをうつせみの世の人なれば手に巻きがたし（七二九）

〈玉〉は男が女をたとえる場合にも、女が男をたとえる場合にも両方に用いられた。

*

かけまくは　あやに畏し　足日女　神の命　韓国を　向け平げて　御心を　鎮めたまふと　い取らし
て　齊ひたまひし　真玉なす　二つの石を　世の人に　示したまひて　万代に　言ひ継ぐがねと　海
の底　沖つ深江の　海上の　子負の原に　み手づから　置かしたまひて　神ながら　神さびいます
奇魂　今の現に　尊きろかも（八一三）

筑前国怡土郡深江村の子負原（現在の福岡県糸島郡二丈村）に、息長足日女命（神功皇后）新羅国討伐の折り、鎮懐石として用いたと伝えられる石があり、その伝説を詠んだ雑歌であり、口に出して言うのも恐れ多いことだがと語り出している。ここには、〈玉〉＝〈石〉＝〈魂〉の連想方式が見えている。[3]『万葉集』に〈玉〉が頻出する理由がわかる。〈魂〉の宿る〈石〉が〈玉〉である。そこから〈さざれ石の巌となりて苔のむすまで〉という石成長の伝説、神像石[4]の信仰も生じる。右の雑歌で、〈真玉〉は〈麻多麻〉、〈奇魂〉は〈久志美多麻〉と表記されている。〈玉〉から現代人は装身具を先ず想い浮かべる。むろん古代人も身に飾るのに〈玉〉を用いたろうが、なぜ飾るのか、なぜ身に着けるのか、と言えば、〈魂〉の宿る〈石〉、〈玉〉であるからで、先ず護符として着けたのであろう。〈玉〉が〈石〉であり、〈魂〉であることは一つのメタファである。古代信仰を背景として〈多麻〉が自然にメタファの機能を獲得した。

*

『古事記』——火照命（兄、海幸彦）、火遠理命（弟、山幸彦）があり、弟が兄の釣鉤を借りて釣りをしたとき、それを失い、泣き嘆いていると塩椎神がきて、海神の宮へ案内し、海神の娘豊玉毘売をめとって海神の宮に三年住む。豊玉毘売は御子を産む。鵜葺草葺不合命と言う。その御子は、豊玉毘売の妹の玉衣毘売をめとり、神武天皇を産む。豊玉毘売、玉衣毘売の〈玉〉は〈魂〉で、神霊のよる意。従って、二人とも巫女であったろう。

*

物思へば沢の蛍もわが身よりあくがれいづる玉かとぞ見る

和泉式部（十世紀－十一世紀）の作。[5]〈玉〉は〈魂〉と表記してある校本もある。〈玉〉とあっても、明らかに〈魂〉の意である。『万葉集』編纂は大伴家持（八世紀）の手に成る部分が多いのだが、それ以前四、五〇〇年間の歌を集めた。とすると、六〇〇年－八〇〇年の間に、〈玉〉が〈石〉であり〈魂〉であること（メタファ）から、〈玉〉が〈魂〉であることへと意味が分化し、メタファとしての機能を失ったとみられる。折口信夫は、〈たま〉と〈たましいひ〉を区別し、〈たま〉は動かない、安定しているもの、〈たましいひ〉は活動状態になるものと考えた。[6]和泉式部の〈玉〉は、動いているにも拘わらず、〈たま〉であることは、古代人の区別が消失してきたことを示すのか。〈石〉＝〈玉〉＝〈魂〉の思考は、先ず、〈石〉の美しいものに目が留まり、不可思議の感を抱き、人間を生かしておく何か眼に見えないようなものではないかと想像し、〈玉〉＝〈魂〉という思考を生じたのではないか。認識の方式。

＊

『万葉集』の詠み方の傾向は、先ず嘱目を言葉にのせてから、感情を引き出してうたうという形式のものが多い。

夏野ゆく牡鹿(をじか)の角(つの)の束(つか)の間も妹が心を忘れて思(おも)へや（五〇二）

つまり、序詞の部分は多少ともメタファの機能を有している。上句が客観性、下句が主観性というパターンであるが、[7]これは古代人の思考形式として、具体物を手掛かりとしなければ、観念、感情などの抽象的なものを、引き出し把握することができなかったのではないか、ということである。近現代人のメタファの作り方は逆で、観念、感情があって、それを具体物であらわす[8]。

*

言葉の発達は精神の発達と平行する。それらの発達の或る段階において、言葉は自然発生的にメタファの機能を獲得する。Spirit < L. spīritus (breath, breeze, life, soul, spirit, energy, courage, pride) < Gk. Spīrāre (breathe, blow)[9]。仮説として、日本語は『万葉集』の時代にメタファの時代を通過したのではなかったか[10]。

（一九七六年十一月十日、茨城大学文科一年ゼミ講話草稿）

（1）〈文明が発達するにつれ、人類は言葉を物の最初の肌ざわりから、どんどん引き離して記号のように扱うようになっている。言葉から人間の魂が削ぎ落されているような気がしてならない。文明と言葉の間にできたアンバランスを、再び回復させるとしたら詩に頼るしかない〉（「30年の詩業集大成」、「新いばらき」一九九一年一月二十日）。

（2）〈詩人にとって、命名とは、いまだ名をもたぬもの、しかも感覚的にそこにあるものに対する行為である。そうしたものは、いつでも、人間の識閾の向う側、意識の深い井戸の底に見え隠れしている。詩人は命名することによって、こちら側に引き寄せ引き上げようとする。名を呼ぶことは、呼ばれるものを、人間の力で制御できる範囲内に誘き寄せること、その呪術的行為であったのだ〉（「陰喩的と原型的」）。

（3）〈歌に即して、〈真珠なす　二つの石〉を〈神さび坐す奇魂〉と言い換えているところに注目したい。ここには、〈石〉は〈珠〉であり、〈珠〉は〈魂〉であり、従って〈石〉は〈魂〉にほかならないという等式、石、あるいは特別な石についての当時のひとびとの感受、思考の方式が見えているということである〉、〈魂、あるいは神霊の寄ってくる方向が、当時のひとびとの想像力にはたらきかけていたことの結果であろうし、〈奇魂〉の由来をそこにうたいこめ、うたいこめることによって魂である石の霊験をたたえようとしたのではないかと思う〉(「石との対話」)。

(4)〈常陸國大洗・磯前の社の由来は、暴風雨の一夜の中に、忽然として、海岸に石が現れた。その石は、おほなむちとすくなひこなとの姿をしてゐるので、人々不思議に思ひ、それを國司から京都に申し上げることになつたのだ、といふ實錄でありますが、何處にもある神像石(カムカタイシ)の信仰の古い一つの形です〉(折口信夫「石に出で入るもの」『折口信夫全集』第十五巻〔中央公論社、一九七六〕)。

(5)講演「現代詩は日本文学活性化の魁となりうるか」(一九八七年六月十四日、水戸文芸研究会主催)の資料に引用された「祖母」には、心覚えとして添えるように、この歌の書き込みがある。詩想を導くひとつであったと想像される。

(6)〈玉・石・骨・貝などには、共通の原因があります。それは、神或は人間のたまといふものと同じ、といふ所から來てゐます。人間の體に内在してゐるものがたまで、それがはたらき出すとたましひです〉(折口信夫「石に出で入るもの」)。

(7)基本的な短歌の構成と短歌を読んでいるときの読者の心理状態を、星野は〈遠心性〉と〈求心性〉の観点から説明する。〈遠心性〉とは客観性/客観的表現、〈求心性〉とは主観性/主観的表現とされ、前者は〈意識が制作の主体から出て外部世界の対象に焦点を合わせようとする傾向〉、後者は〈制作の主体の内部世界に焦点の対象を求めようとする傾向〉と敷衍される。このような二分法の提示には、短歌は〈物と心、感覚と意味の連合を表現の基底としてもつべく規定されていた〉という理解がある(「短歌的表現の遠心性と求心性」)。読者心理については、上句の客観的・遠心的表現、その暗示性によって読者の裡にサスペンス〈意識の宙づり状態〉が喚起され、下句の主観的・求心的表現、すなわち意味づけによって、そのサスペンスが解消されると説明される（「吉岡実の「卵」」）。

（8）外的対象の認識に〈観念／感情〉を〈あらわす〉〈具体物〉という言い方には、エリオットの〈客観的相関物〉objective correlative の意識があったと思われる――〈情緒を芸術の形式で表現する唯一の方法は、〈客観的相関物〉をみつけることである。〈客観的相関物〉とは、言いかえれば、特別な情緒を示す公式となるような一組の事物、ひとつの状況、一連の事件であり、感覚的に経験できる外的な事実があたえられると、すぐにそれに応じた情緒を、われわれの裡に呼び起こすものである〉（T・S・エリオット「ハムレット」）。

（9）〈この単語の発達過程において、spiritus がメタファとしての機能を有したことは一目瞭然である。多分、このラテン語を使用した人たちには、純粋な抽象語はまだ存在しなかったのであろう。そこで〈息、微風〉という単純な感覚的現象をあらわす単語でもって、その現象とある類似性を有する〈生命、勇気、精神〉という抽象的な精神内容をも指示させねばならなかったのであろうし、そうする必要を感ずるだけの抽象的な思考の芽生えがそのときに起っていたという段階、精神発達の一つの段階に彼らがあったことを物語るだろう〉（「ペルセウスの楯」）。

（10）言語意識が醸成される中で〈隠喩〉の獲得が『万葉集』の時代にあったことも含め（「隠喩の時代」、「『万葉集』のこと」）、星野が〈メタファ／隠喩〉に注目するのは、それが詩のイメジと密接に関わるからである。イメジは、その語源――肖像画・彫像・心理的再現・観念――に含意されるように、意識に映し出された心理的現象にすぎないにせよ、観念や情緒が詩を構成するイメジに変換される場合、それらの〈ニュアンス、暈のごときものが、置き換えたイメジにかぶさってゆくに違いない。つまりメタフォリカルであることになる〉という判断が星野にはある（「W・B・イェイツの幻視空間」）。したがって別のところでは、次のようにも語られる――〈文学におけるイメジは、空間芸術の画像、彫像の等価物ではあるが、言葉による心理的等価物である以上、言語表現としてはメタフォリックな意味を帯びるということ〉であり、〈メタフォリックな陰影の認められない映像であっては、それを文学的なイメジとして見るわけにはゆかない〉(「短歌的イメジ」)。あるいは、〈詩にあらわれた感情は現実の感情ではなくて、一つのマスクであって、そのウソというマスクを通してしか、最も現実的な現実、真実の実在に到達する方法はないのである。マスク、楯、鏡、これがすなわち詩そのものであり、この思考の論理はそのままメタファの論理に通ずる〉(「ペルセウスの盾」)。

〈異化の剣〉を握りしめて

菅野弘久

講演または講話というのは、一般的には限られた聴衆を前提とした、いわば閉じた形で行われるため、そこで語られる内容は、あとで文字にされなければ追跡しにくいところがある。本書は、星野徹が行った講演・講話のうち、具体的なエッセイに結ばれなかったものを選び（正確にいえば、「原体験を求めて」の後半部分は「存在論的な管」としてまとめられている）、録音資料から採録した内容に、星野詩学との関連が浮かび上がるような補注を加えて構成したものである。その結果、一九六〇年代から七〇年代にかけて星野が積極的に展開した、日本の現代詩では例のない神話批評による批評と実作の実際と、八〇年代以降の形而上詩へのさらなる志向、すなわち神話批評の詩学から形而上詩の詩学への移行にかかわる理解が深まることが期待される。

＊

神話批評は、ニュー・クリティシズム以後、一九五〇年頃から浮上した批評方法のひとつで、モード・ボドキン、フィリップ・ホイールライト、エリザベス・ドルー、ノースロップ・フライ、ガストン・バシュラールなどの批評実践に代表される。文化人類学や民俗学を傍証として、ユング心理学が明らかにした経験の普遍相である原型／原体験を探り出し、その個々の文学作品における表象の様相によって、すなわち普遍的な経験の型と当該作品での詩的形象との差異、その主題と変奏とでもいうべき有機的関連に作品評価の基準を設定する。神話批評は、さらにエルンスト・カッシラーの象徴形式論、S・K・ランガーの芸術哲学の知見をも取り込みながら、詩人の個性や独創性など主観的要素に基準を求めるロマン主義的批評に代わり、可能な限り合理的で客観的な批評基準の確立をめざした。

　星野もまた、記憶の痕跡として集合的無意識の奥底に収められた人類共通の経験、その原型的イメジ／神話類型が、ある条件によって触発され、T・S・エリオットのいう〈客観的相関物〉のように、作品に顕在化するときに詩的感動が生まれると考える。原型的イメジや原体験とは、あくまでひとつの抽象物であり、人類の経験や記憶が遺伝情報のように世代を超えて伝わるものと考えられるが、無意識の領域に堆積するとされるだけに、感覚化されなければ、その存在すら気づかれない。意識の古層に、それとは知らずに眠る太古の経験と記憶が、詩人のことばで呼び覚まされ、あらゆる人間の心を揺さぶる芸術に昇華しうるという発想は、多分にロマンチックであり、失われたものへのあえかな郷愁さえ感じさせる。星野がその詩的営為に、〈無名への意志、共同体的幻想への回帰の意志〉[1]を込めていたことも肯ける。

　神話批評は、『荒地』の〈神話的方法〉――現代と古代にパラレルな関係を認めて、混沌とした現代世界の全体像を抽出する――を直接の契機として、〈現代的イメジを通して古代の亡霊を呼び起こし、呼び起こされた古代によって現代を照射すること〉[2]をめざすが、科学文明の急速な発達により人間の空間意識も拡張し、人間存在が希薄化しているという認識から、水平方向に拡散する空間意識に対して、意識の深層に降りていく時間意識を重視する。論理的な時空意識から解放された〈時空連続体〉[3]の世界に意識の垂鉛を降ろし、現実の背後にある原型を探ろうとする。かくして星野にとっての神話とは、〈外的世界に対する人間の相貌的な知覚を緯(よこいと)とし、時空を未分化的な連続体として把握する意識を経(たていと)として織り出された一枚のアラベスク〉[4]となる。

星野に神話的なものを受け入れる素地があったことは、最初期の作品が『古事記』や『万葉集』から拾い上げた語彙をコラージュした記紀歌謡風のものであったこと[5]からも、ある程度うかがえるが、その志向を強めた背景に、文字どおり〈荒地〉と化した現実との峻厳な対峙があったことは容易に想像がつく。六歳のときに父親と死別し、その結果、戦争に縁取られた青年期を異国で過ごしたことでの喪失感と孤絶感。神話的・根源的なものへの志向が、不条理な現実から心理的に遠いところにあって、個の実存的価値を見つめ直すに足る深度と振幅を感じさせたことから生まれ、そしてそこに精神的紐帯のようなものが求められたとしても何ら不思議ではない。戦争の惨禍を経験した文明の危機の時代にあって、神話の反歴史的／反合理的同一化の原理による固有の象徴機能には、〈世界認識〉としての〈方位決定〉の〈重要な手掛り〉があると星野は考える——

> 文明の過度に複雑化した諸機構の中にあって自己の方位を見失っているのが現代人の姿であるとすれば、経験の原型の象徴的表現であった神話の中に、方位決定のための重要な手掛りが見出される可能性がある、ということなのだ。方位決定とは世界認識ということにほかならず、世界認識とは人間の生き方の基本に関係する問題であるわけで、そのような問題の全的な表現となるとき、神話をしのぐほど効果的な表現が他にあろうとは思われない。[6]

古代と現代の同時性／同一性、すなわち過去と現在の同時存在は、過去から未来へ直線的に流れる時間感覚とは相容れるものではない。この点で神話批評は、時間の直線運動と結びつく進歩の思想を否定し、したがって進歩の果てに位置づく近代文明を批判する側にあるといえる。文化人類学とともに原体験の追究を理論的に加速させたユングの深層心理学、その文明化された意識の表層を、原始の姿をそのまま残す集合的無意識の深層が支えるという思想にも、人間の理性に価値を置くヒューマニズム思想へのシニシズムがある。この否定の思想を内在する神話批評は、人間優位のヒューマニズムを前提とし、結果的に戦争の惨劇を招いた近代文明への疑問、その〈ペシミズムの克服〉に詩的営為を始めた星野にとって、きわめて親和的なものであったと考えられる。その意味で、星野が神話批評を実作と批評の根拠にしたことは、自然な結果であったともいえる。

現代文明への懐疑から生じる孤絶感と、その解消のための精神的紐帯を求める星野の詩的世界は、T・S・エリオットと出会うことで大きく開くことになった。〈神話的方法〉に加え、歴史的・神話的人物を〈劇的独白〉によって造形するうえでも、大きな支えになったようだ。エリオットは詩論「詩の三つの声」において、〈詩〉には〈三つの声〉があると指摘する――〈詩人が自分自身に語りかける声〉と〈詩人が聴衆に語りかける声〉、そして〈詩人が、韻文で話す劇中人物を創造しようと意図するときの声〉。さらにエリオットは、〈第二の声〉から〈第三の声〉が聞こえるときには、劇中人物への〈同一化〉があり、そして、この〈同一化〉では、〈人物の属性〉の他に、詩人の〈性質〉や〈傾向〉という〈自分自身の断片〉が注ぎ込まれることで〈一種の交換〉が行われ、詩人自身も気づかぬ存在論的価値が引き出されるともいう――

作家がひとりのいきいきした人物を創造するとき、そこで行なわれるのは一種の交換であると思われる。作者は、その人物の属性のほかに、自分自身の中に発見している自分のある性質、つまりある強さや弱さ、激しやすい傾向や優柔不断の傾向、またある奇癖すらその人物の中に注ぎこむことだろう。(中略)

作者がひとりの人物に与える自分自身の断片は、その人物の生命がはじまる胚種であるかも知れない。また一方、首尾よく作者の興味を引きつける人物は、作者から作者自身の存在の潜在的可能性を引き出すかも知れない。[7]

この詩劇の人物創造に伴う〈同一化／一種の交換〉というエリオットの感覚は、星野が神話的・歴史的人物に〈劇的独白〉を語らせるうえで、いやそれ以前に、詩人の〈潜在的可能性〉にさえかかわることから、詩を書くという行為そのものを意義づけるうえで、大きな支えになったのではないかと考えられる。実際、星野は、詩作は〈未知の世界〉への旅立ちであり、非日常への架橋の試みであることにその意義を認め、[8]そしてジョン・キーツの〈消極的受容力〉にふれながら、詩が生まれるときには、主知的・批評的態度ばかりでなく、詩的霊感の到来を虚心に待つ巫女的心性によって、ことばに導かれて詩へたどり着くという、詩人自身の変容の過程があるとする。こうした詩人の生理は、ことばと向き合う時間を積み重ねるなかで感得されていくものなのだろうが、一篇の詩の発生にふれたエリオットの次のことばは、その感得の契機として、星野の意識に深く刻まれることはなかったろうか――

詩人は自分の中で発芽しかけているもののために、言葉を発見してやらねばならない。しかしその言葉を発見するまではどんな言葉が必要なのか、自分でもわからない。その胚種を、正しい言葉の正しい語順での配列に変形してしまうまでは、それがどんな胚種なのかもわからない。胚種のために言葉を発見したとき、言葉を発見してやらねばならなかった〈もの〉は消え失せ、その後に一つの詩篇が残される。出発点にあったものは、いかなる普通の意味でも情緒などという明確なものではない。なおさら観念などでないことは確かだ。[9]

〈詩人〉の裡に〈発芽しかけているもの〉、〈詩人〉を創作へと向わせる〈情緒〉でも〈観念〉でもない〈胚種〉が、〈正しい言葉の正しい語順での配列〉によって〈一つの詩篇〉に結ばれていくときの心理状態、その創作時の不安定な気分、または不分明な衝動からの解放は、エリオットの比喩によれば、たしかに〈詩人〉を魅入る〈デーモンをはらう一種の悪魔祓い〉に似たものであろう。そして〈言葉／詩篇〉そのものが、そのような〈悪魔祓い〉の一形式であるなら、詩劇の人物創造にかかわる〈同一化／一種の交換〉が暗示する、ことばによる詩人自身の変容の可能性は、星野の詩的営為の始まりにあった〈ペシミズムの克服〉への確かな方位を教えるものであった。

「原型的イメジ」によれば、近代文明は〈象徴〉の〈無限級数的な連鎖反応〉による〈象徴／概念の体系〉に支えられているが、それはことば——シンボリック・アニマルとしての〈人間〉が作り上げた最も古い〈象徴〉——と〈物〉との原初的関係の喪失にほかならない——

人間はシンボルを、つまり象徴をつくり、象徴によって生きる。象徴は象徴を生み、その無限級数的な連鎖反応はやがて一つの体系をつくりあげる。むろん象徴の体系である。象徴の体系、それは概念の体系と言いかえてもよい。この象徴の、概念の体系、それがつまり人間の文明である。体系の、文明の頂点が高くなればなるほど、逆に人間は物そのものから遠ざかる。[10]

星野詩学で繰り返しあらわれる、この〈人間〉と〈物〉との触知可能な関係の喪失に、星野は近代文明批判の根拠を置いて、そこからの回復をめざすことになる。ことばが〈象徴〉となる瞬間は、〈命名〉という行為――〈いまだ名をもたぬもの、しかも感覚的にそこにあるもの〉に名前をあたえ、〈人間の力で制御できる範囲内に誘き寄せること〉[11]――によってもたらされるから、危機的状況を回避する具体的な方策は、〈人間と物との関係を改めて把握しなおす〉こと、すなわち〈イメジの原型、原体験をつかみなおすということ〉に求められる。この関係の再構築は、〈二次的、三次的な象徴、概念〉を破壊しながら、同時に〈一次的な象徴、概念〉を創造するという〈アムビヴァレントないとなみ〉でもあるから、非常な困難を伴う。そしてこの〈文明の危機や苦悶〉を引き受けて行う作業は、〈詩人に課せられた苦痛な使命〉とされ、これは詩人の社会的存在意義とともに、文明の危機に対峙して生きる詩人としての星野の意識のありかを示すものと理解できる。

同様の課題意識については、「始原性の復権という主題」では、〈原体験の回復〉、〈神話の再発見〉、〈未開性の、その喪われた経験とか意味の復位〉という意味での〈始源性〉の〈復権〉が主張される。〈拡大する空間意識に始源性という時間意識を交叉させること〉で、〈拡散し、希薄化する人間の存在感、生命感に収斂の核を与えること〉ができるという判断による。そのうえで、詩は本来的に〈反日常性への志向の願望を多少なりとも動機として秘めもつ〉ことから、〈反日常性の極点〉である〈原体験〉を探る詩が、〈人間性を疎外する文明への抵抗の拠点〉として位置づけられる。詩の〈主題〉は、〈時代の要請〉と〈詩人の内的必然〉が重なるところに求められると星野は考えるが、〈時代の要請〉となる思潮や時代精神にしても、所与のものではなく、詩人の主体的な社会参入によって作られるから、詩は世界を変える力を潜在的にもつことになり、詩人の社会的存在価値も、まずはその点に求められる。つまるところ詩の〈主題〉とは、ひとつの世界認識であり、つきつめれば、どう生きるかにかかわる意志であり、欲求でもある――

現代において詩を書くいとなみが、個々の詩人によって比重の置き方にさまざまな濃淡はあるにせよ、そのようなイメジの原型としての言葉、あるいは絶対者の肉化としての言葉、それの把握を全く度外視しては意義をもちにくいとだけは、言えるのではないか。そこまで文明の状況が立ち到っているとだけは、言ってよいのではなかろうか。[12]

ことばの全き価値によって小宇宙のごとく存在する詩的形象への志向。それは後年の形而上詩への希求にも通じるものだが、〈肉化〉の教義的意味を離れて字義通りに、ことばに肉体をあたえることと解せば、イーディス・シットウェルへの接近によって強く意識されることになった、ことばの手触り、〈ことば〉と〈物〉の触知可能な関係、その回復の意志もうかがえる。急速に膨張拡散する世界を前に詩人であることの意味、世界内存在としての個的価値をめぐる自問への答えであり、それは、ことばに生きることで〈ペシミズムの克服〉が可能であることを星野が実感したことの証左でもあろう。

ことばの手触りを実感しながら詩を書くために、星野が都会のアスファルトやコンクリートの無機質な空間ではなく、プリミティブなものに連なりうる土の感覚、すなわち詩人のことばを育む風土や歴史、その生きる場（地域性）を重視したことは自然なことであった。星野が郷土茨城の詩人に講演やエッセイで繰り返し言及したことも、また〈すぐれた言葉の匠〉*il miglior fabbro* として、多くの詩人の誕生と成長を支え続けたことも、詩人としての確かな生の根拠を、みずから問い続けたことによるものだろう。星野は、いたずらに中央の権威的な動きに翻弄されるのではなく、文化のエトスとして、詩人がそれぞれの生きる場に価値をおいて、つねに〈中央を脅かすに足る異化の剣[13]〉を握りしめることを求めた。

茨城は気候温暖、地味豊かな一望の田園地帯。土地を守ることによって生活が成り立つ。半面、よき土地に、現実のよき生活環境の平面に意識が縛られる。意識は平面的、水平的にしかはたらかない。これはたとえば群馬と対照的。山国では、必ずしもよくない生活環境から脱出しようとする方向へ、意識が働く。周囲を山岳で閉ざされておれば、意識は垂直的に上昇するほかない。宗教家新島襄、内村鑑三、詩人朔太郎、暮鳥、荻原恭次郎等が、その結果輩出する。

詩と宗教は根が通じている。水平的意識の世界に成立するのは、より現実的な政治であり、文学なら小説である。詩は現実的、水平的な意識の在り方を、どこかで突き崩すか、切断しないと成立しないという性格がある。

茨城の近代詩人たちの苦闘は、おのれの水平的意識とのたたかいであったろう。夜雨の「お才」は、この岸からかの岸を、おのれの束縛される現実から、おのれの自由である超現実を望み見ることで、それを崩し、現実以上の共感の鄙ぶりを作りだした。ゆきの「孤独の愛」も、現実にはありえない至純への憧憬を同じく作り出した。雨情は社会主義的思想で現実の田んぼを崩し、強力な文明論的寓喩へと変形した。暮鳥は牧師として、麦畑の現実をキリスト教的形而上性をもって崩し、救世主の象徴へと変えた。また、ゆきの「小さいやすみは」は、新しい内面的意識の世界を深く、繊細に探り、掘り下げることで現実を崩し、もう一つの現実を成就した。

だからと言って、形而下的現実を放棄してよいということにはならない。それを堅固に踏まえてはじめて、形而上的超現実も生きてくる。崩す、切断するとは、より正確に言えば、崩し、切断して生じた意識の空隙にもう一つの現実を呼び込み、それといわゆる現実との、二つの対極的な世界の間に、心理的な緊張関係を作りだすことであろう。その緊張関係が詩である。
「茨城の近代詩」と題するこの文章は、星野が残した原稿類を整理しているときに確認された。内容的には「茨城の詩」を補足するものとして読めるが、それ以上に注目されるのは、詩人の〈意識〉の〈水平的／垂直的〉志向は〈土地〉の感覚に左右されること、日常的／現実的な〈形而下的現実〉を脱構築して、非日常的／反現実的な〈形而上的超現実〉が実現すること、そして、その〈二つの対極的な世界〉に架橋する〈心理的な緊張関係〉が〈詩〉であること、というこれらの発言が、みずから詩を書き続けることで得た確信に違いないということである。神話批評で見られた汎人類的な記憶への沈潜は、イェイツが『幻想録』で想起した螺旋状に旋回する一対の円錐のように、逆に形而上的世界への願望に変わり、上昇へ向かうことになる。

*

星野は、大伴家持をモダニストとして捉えられる理由を、〈不器用なほど誠実に生き、またそのような生きる自己を不器用なほど誠実に凝視し、またその凝視の結果への言語表現に腐心したから〉と説明したことがある。[14] 詩人・批評家としての仕事の大きさを前に、星野を〈不器用〉とよぶのは、いかにも礼を失した態度には違いないが、星野の肉声に近い講演録を、その背後に詩についての思考と実践の拡がりを感じながら読むとき、また星野が考えるモダニストに、個人史をふくむ全歴史的総体のなかに位置づく〈いま、ここに〉*hic et nunc* という実存的意識に通じるものが含意されるなら、家持にふれた星野のことばは、同じく星野自身にも向けられることに納得できるのではないか。行間から聞こえてくる、新井明のいう〈訥々として、しかし朗々とした〉星野の〈声〉からは、〈誠実に生きる自己を誠実に凝視し、その結果への言語表現に腐心した〉紛れもない詩人の姿が彷彿とする。

（1）「あとがき」『詩と神話』（思潮社、一九六五）、二四〇頁。
（2）「呪歌としての短歌をこそ」『星野徹詩論集Ⅱ』（笠間書院、一九七五）、一〇七頁。
（3）「詩と科学的風土」『詩の原型』（思潮社、一九六七）、二〇‐二九頁。
（4）「豊饒の女神」『詩の原型』、一一六頁。
（5）「詩的人生」『星野徹の世界　神話論的形而上詩』（沖積舎、一九九六）、九五頁。
（6）「神話追放と神話復活」『星野徹詩論集Ⅰ』（笠間書院、一九七五）、十二‐十三頁。
（7）「詩の三つの声」星野徹・中岡洋訳『T・S・エリオット詩論集』（国文社、一九六七）、九九頁。
（8）「無限研究会作品発表選評」『無限』30号（一九七三）及び31号（一九七三）。
（9）「詩の三つの声」同右、一〇七頁。
（10）「原型的イメジ」『星野徹詩論集Ⅰ』、二九頁。
（11）「陰喩的と原型的」『詩と神話』、二三九頁。
（12）「原型的イメジ」同右、五〇頁。
（13）「中央を脅かすに足る異化の剣を――一年間の詩集と歌集について」『茨城文学』十号（一九八二）。
（14）「短歌とモダニズム」『短歌公論』一九六八年二月号。

＊各章の本文中に（　）で表示した星野のエッセイの出典については、「星野徹書誌目録（著書・評論・翻訳）」（星野徹『薔薇水その他』菅野弘久編（国文社、二〇一四）、三九三‐四五〇頁）を参照。

あとがき

ひとなみに還暦をすぎて、社会とかかわりながら仕事ができる時間も限られてくると、とくに起伏があるわけでもない人生とはいえ、これまでの出会いや出来事のどれもが、幸福な偶然（serendipity）という、幸福と感じられるその一点において、実は〈大きなめぐり〉に〈用意〉されていた必然であったと思わずにはいられない。そのなかで私にとってかけがえのないものが、詩人・英文学者星野徹との出会いだった。私は詩人ではないので、星野先生から学んだもの、その多くは英文学徒としてのあるべき姿であり、矜持とでもいうべきものだろう。私の書いたものに気の利いた表現や思考が幾らかでもあるとすれば、それは先生のお書きになったものから、直接間接に影響された結果であることを私は否定しない。

星野先生に教えていただいたのは、一九七七年から八二年春にかけての五年間。批評三部作――『詩と神話』、『詩の原型』、『詩の発生』――に代表される、神話批評にもとづく入念な詩論構築に向けられた一九六〇年代があって、はじめて可能であった『PERSONAE』以後、『玄猿』を最初のメルクマールとする、日本の現代詩における形而上性の追求という新たな詩的課題に精力的に取り組まれていた時期と重なる。

教養課程の初年次「英語」に星野先生が用意されたテキストは、J・E・ハリスンの『古代の芸術と祭祀』。外国語を学ぶことが知性と感性の涵養にもつながることを忘れた、現在の会話偏重の英語教育では決して得られない知的興奮を、四年後には福島県のどこかの高校で合唱指導に熱中する英語教師になっていることをぼんやりと考えていた、ひとりの学生にあたえるには十分すぎるものだった。二年次に受講した科目は「文学批評」。クリアンス・ブルックスの『文学批評』を枠組みに、先生のエリオット研究と詩作を反映した内容であるとわかったのは、主体的に英文学を勉強するようになって数年後のこと。三年次からの学部演習で、詩の読み方について手ほどきいただいた。最初の年はエリオット、イェイツ、オーデンの現代詩、翌年はワーズワースの『序曲』、さらに翌年にはダンの『唄とソネット』というように。ワーズワースに続いてダンを読んだとき、目の前のかすんだ風景がたちまち眺望のきく風景に変わるように感じた。形而上詩と現代詩が感覚的につながった瞬間であったのだろう。もう少し詩の世界について知りたいと思うようになっていた。

星野先生は折にふれ、私をご自身の、また白亜紀関係者の出版記念会にお誘いくださった。もう四半世紀以上も前のこと、千波湖近くのホテルで開かれた会で祝辞を求められたとき、先生だけでなく来賓としておみえになっていた新井明先生を前にした緊張からか、思わず口をついたことばが、「いつか星野徹論を書きます」。あまりに大胆で場違いな発言に苦笑がもれたはずだが、この〈いつか〉は、私の裡に根づいていたらしい。先生が亡くなられてから、再びその想いは強くなり、とくにこの数年は具体的な作業に費やされてきた。

本書は『薔薇水その他』の延長線上にあり、原稿類を整理するなかで確認された講演草稿とハンドアウト、さらに録音をもとにしている。補注については、星野詩学の文脈が見えるように、先生の書かれたものに多くふれることを意識した。この作業中、『序曲』講読でのレポート課題が、「任意に選んだ詩節（パッセージ）に注を付けよ」であったことをふと想い出した。図らずも、先生の課題の意図が、四十年を経て了解できる結果ともなった。

本書の出版にあたり、星野先生と関係の深かった国文社の前島俶さんにご相談したところ、信頼できる編集者として梟社の林利幸さんをご紹介いただいた。林さんは、国文社で『PERSONAE』の編集にかかわり、星野先生のことも、よくご存じとのこと。ご縁と感じ、本造りの一切をお任せすることにした。一書が世に出て読者に届けられるまでには、善意によるさまざまな支えがあることを、あらためてかみしめている。

二〇二〇年六月

著者略歴

星野徹（ほしの とおる）

1925年茨城県稲敷郡生まれ。茨城大学名誉教授、茨城キリスト教大学名誉教授。主な著訳書：『詩と神話』、『詩の原型』、『詩の発生』、『車輪と車軸』、『詩とは何か』、『星野徹全詩集』、W・エンプソン『曖昧の七つの型』、J・E・ハリソン『古代の芸術と祭祀』、J・G・フレイザー『洪水伝説』ほか多数。2009年逝去。

菅野弘久（かんの ひろひさ）

1958年福島県いわき市生まれ。茨城大学教育学部卒業、筑波大学大学院文芸・言語研究科博士課程単位取得退学。常磐短期大学教授。共著：『喪神の彼方へ』、『ルネサンスと十七世紀英文学』、『博物誌の文化学』、『薔薇水その他』ほか。訳書：『英詩鑑賞』、『いま詩をどう読むか』、『音楽と病』、『風景の経験』ほか。

原体験を求めて　星野徹講演録

2020年8月25日・第1刷発行

定　価＝2000円＋税
著　者＝星野 徹
編　者＝菅野弘久
発行者＝林 利幸
発行所＝梟　社
〒113-0033　東京都文京区本郷2-6-12-203
振替 00140-1-413348番　電話 03 (3812) 1654　FAX 042 (491) 6568

発　売＝株式会社 新泉社
〒113-0033　東京都文京区本郷2-5-12
振替 00170-4-160936番　電話 03 (3815) 1662　FAX 03 (3815) 1422

印刷・製本／萩原印刷

デザイン制作・久保田考